三清山文化丛书

江西省三清山风景名胜区管理委员会　编

散文三清山

Essays about Mt. Sanqingshan

夏　磊◎主编

江西人民出版社
Jiangxi People's Publishing House
全国百佳出版社

总 序

让三清山走向全世界

三清山最初为世人所知，大约要追溯到1600多年前的东晋。据说，当时有一名叫葛洪的道士追寻至此，结庐炼丹、著书立说、宣传道法……从此，这里便与道教结下了“不解之缘”。而其神秘的面纱被揭开，开始走向世界，则是近30年的事情。三清山先后成为世界自然遗产地、世界地质公园和国家5A级旅游景区，境内东方女神、巨蟒出山、观音赏曲等绝景，随之名满天下，令无数海内外游客心神俱醉、魂绕梦牵。仅2015年1月至9月，三清山便接待游客近千万人次，正所谓游人趋之若鹜，纷至沓来。

真的需要感谢天工造化，因为有了三清山，我们这块土地才堪称物华天宝，地灵人杰。不同成因的花岗岩微地貌密集分布，展示了世界上已知花岗岩地貌中分布最密集、形态最多样的峰林；2373种高等植物、1728种野生动物，构成了东亚最具生物多样性的环境；千年的道教历史孕育了丰厚的道教文化内涵，按八卦布局的三清宫古建筑群，被国务院文物考证专家组评价为“中国古代道教建筑的露天博物馆”。由于工作的缘故我数次登上三清山，无不为它的千峰竞秀、万壑奔流而惊叹，也为它的奇峰怪石、云海雾涛而流连，更为它深厚的历史文化而倍觉醇香。“西太平洋边缘最美的花岗岩”、“天下第一仙山、世上无双福地”是实至名归、当之无愧的。

正因为这一切，三清山吸引了无数艺术家的目光，古往今来的许多作家、学者、诗人、摄影爱好者等，在这里留下了众多优秀的作品。如果说三清山本身是大自然赐给我们的财富的话，那么这些丰富多彩的作品则是人类的智慧对自然的礼赞，它们同样是十分珍贵的财富。编撰出版《三清山文化丛书》，把三清山的历史文献、历次笔会诗会、书画展览，各种道教活动、文化论坛以及民间口头艺术做一次全面的挖掘整合和梳理，涵盖历史演化、景观价值、道教文化、民间传说等，形式则有诗歌、散文、传说、水墨、影像、手绘等，这是三清山文化史上最全面的一次文化提炼和成果展示。精选上述内容，在书中以图文并茂的形式予以展示，旨在促进文化与旅游的宣传和普及，增进国内外各方人士对三清山历史与现实的认识和了解。可见,《三清山文化丛书》就是三清山历史的浓缩，就是三清山人文的精华，就是三清山的窗口，就是展示三清山形象的平台。

文化资源是旅游的核心资源。有了文化的内涵和底蕴，旅游就会平添无限魅力。凡是旅游吸引力、竞争力强的地方，都是有独特文化品格和文化魅力的地方。从这个角度来说,《三清山文化丛书》的出版，其意义和价值必将是深远的。我们希望通过这套书籍的编撰，让所有三清山人为有这样的共同家园而自豪和骄傲，让作为世界遗产的三清山真正地走向全世界。

本丛书在编撰过程中，收集了大量的民间史料和口头传说以及绘画、摄影作品，得到了各方的大力支持和帮助。为此，我们衷心感谢为三清山的开发建设、为这套丛书做出贡献的所有劳动者和所有艺术家。当然，限于水平和时间等因素，丛书肯定会有遗珠之憾和错讹之处，敬请广大读者和各位专家赐教指正，以便今后不断修正、充实和完善。

陈晓平

（作者系中共上饶市委常委、三清山风景名胜区党委书记）

前 言

中国最早的一篇游记散文，学界普遍认为是东汉光武帝时马第伯所著的《封禅仪记》，其后1300年左右，元代举人鲁起元为三清山写下了第一篇真正意义上的游记散文《游三清山记》，这两篇文章篇幅相当，描写手法颇多相似，写尽了两座山的“高峻奇峭”以及登山过程中的艰苦和意趣。因此，我们能够在这样一个太平盛世参与编撰《三清山文化丛书》其中的《散文三清山》一书，是十分荣幸的。我们愿意穿越在历史文丛之中来寻访文人雅士和平头百姓的智慧和才情。

在编撰这本《散文三清山》的过程中，我们最深的感受就是三清山太值得写了。自然造化的鬼斧神工造就了三清山的奇绝风光，巨蟒出山，东方女神等景点都是世所罕见，它当之无愧地使三清山成为世界地质公园。同时，三清山的举世无双的花岗岩峰林地貌和奇特的动植物多样性，以及她的独特的气候条件，又让三清山成为中国山水画的自然摹本，成为世界自然遗产。近三十年来，三清山得到了全面的开发，我们在惊叹玉京、玉虚、玉华这三座巨峰的雄伟的时候，不禁又想起三清山的山岭之上丛林深处还孕育了博大精深的道教文化，成为道教圣地，这座山给广信大地带来了多少福祉啊。她是我们的祈福仙山，是我们的饮水之源。天佑苍生，再多的文字恐怕都写不尽这座山的绝世风光和源远流长的历史文化。

也是在编撰这本书的过程中，我们总是被深深地感动着。是的，写三清山的散文太多太好了，无法详尽地统计三清山开山一千六百年中有多少写给她的散文，更无法收录所有的优秀篇章。我们感动于那么多的作家为三清山的倾情抒写，感动于他们其中的许多人对于故乡的热爱，感动于他们无论贵贱无论职位高低对于自然对于文化的膜拜和景仰。本书收录的三十一篇散文，时间跨度七百多年，作者有古代近代现代和当代作家，文章几乎涉及了三清山的地质、自然、生态、历史、人文，尤其是这里的山川风光、花鸟林木还有道教传统。可以说这是三清山历史上最全面的一次典籍梳理和文化呈现。

我们感谢作者们的大力支持和无私奉献，同时也要感谢很多方面给予的关怀和关注，许许多多人为了本书做出了价值珍贵的贡献。虽然可能还有一些疏漏，虽然我们永远也无法阅尽所有三清山的美文，但是我们相信赞美三清山的文章只要她一经问世就和三清山本身一样成为永恒。同时我们还相信，本书的出版必将让世界各地的更多的人了解三清山，让天南海北的人们爱上三清山。文字和文化最大的功能就是记录和传承，更何况我们这本书想要记录和传承的是人类如此优秀的自然文化遗产，从这个层面上来说，我们期待这本书和三清山一样造福一方，传承后世。

夏磊

目 录

[元]鲁起元

游三清山记

岁癸卯（1363 年）月辛酉日甲寅游三清山，出门遇雨，宿大乘寺谧公房。明日晴，过芹源，访诸亲至吕田，会程元志、程得抝，宿程得俊家。又明日，同元志、得抝至金沙灵济庙，叩冰玉洞，道缘石草布其上，有水溢出。行里许，大石斜覆若屋，曰：龙门。匍匐而过。又数十步至洞口。洞前有石与洞口平。立其上，属夏伯达以予文及香投水上。须臾，径下，石壁如削，寒气逼人，飞瀑直泻入洞底，深不可测。是日，宿庙中。又明日，登山步长路峻崖，五六里至马鞍弯，路忽下臬，如入井，以手按前行人肩，后行人挽其裾，惧其翻于前也。稍平，有林檎[①]正生，长者摘以御渴。自此路

直上，上如登梯，以帛系前行人腰，两手拽帛，前行人步亦步。既至，以为在绝顶也。路又下，凡二升降，至银瓶石下，仰望石与云齐。度风门，又二升降，至结须岩，岩上有巨石横亘，路在其下。相传李尚书结须而度,故以为号。又二升降,至神仙洞，有石可登。登其石上，望怪石罗列，如二人弈，如一人试坐；如枪、如旗、如莲花者三；如浴盆，如僧、如道士、如将军、如人所叠，横五纵四，如人饭列碗于前。过此，又三升降至罗汉洞，石如普陀岩观音中坐；如龟、如龙、如磨、如烛檠[2]；如人以手指天。又二升降，三石齐立若排，又一石若屏。始至山顶，凡二十五里，稍下得平地，宽可得八九亩，有老僧结屋其上，作三清观，用匠三人。有石刻三清石仙君、葛仙翁、李尚书、金童、玉女及潘元帅像。宿屋中，雨作。明日己未谒神，刻姓名香炉石上。白雾山下,再三乞晴于神。须臾,雾卷日出，登香炉石上，望丫岩山，见石仙君、仙人桥。铁炉如石上生成，尚书所铸也。卓旗石有窍圆深，旗杆所立也。雷公石、判官石、幞头[3]石、钩刀石、帽石，各以形肖而名立。西望彭、蠡、饶、信，东望衢、严，隐隐在云雾中，万山尽在脚下，高低重叠，不知其限。遂回大路上。时路之升者十之八，降者十之二。下时升者十之二，降者十之八。石壁直下，无路架木以度者十许处。凡人履峻崖，则望悬足掉。余所登处危险甚，而望不悬足不掉者，草树茂密蔽之也。

自此而上，又二十五里，始及其巅，峻绝不可登；亦有登者。李公丹炉在观上六七里。山之下，水西出，则入于江；东出则入于浙，盖江浙山水宗也，宜其高峻奇峭，为仙灵之窟宅哉。始约予游者程仲元，继相约者刘用悔、方平叔。后约者程得㧑、江子挥。今独与元志、得㧑游，是为记。

【注释】

①“檎”，林檎，也叫沙果。花红，落叶小乔木。果实比苹果小，近似球形或扁圆形。

②“檠”，灯架，也指灯。

③“幞头”，古代男子束发的头巾。

【作者简介】

鲁起元，名鲁贞，字起元，号桐山老农，桐山（今浙江开化县坝头镇）人。元统二年（1334）举人。中举后无意仕途，归隐山林，钻研理学，写诗著述。著作甚多，传世的有《桐木老农文集》收入《四库全书》。纪昀称其“胸怀夷旷，神韵自清，譬如深山散木，拥肿卷曲，更天然有尘外意也。”

郁达夫

冰川纪秀

一

冰川是玉山东南门外环城的一条大溪，我们上玉山到这溪边的时候，因为杭江铁路车尚未通，是由江山坐汽车绕广丰，直驱了二三百里的长路，好容易才走到的。到了冰溪的南岸来一看，在衢州见了颜色两样的城墙时所感到的那种异样的、紧张的空气，更是迫切了；走下汽车，对手执大刀，在浮桥边检查行人的兵士们偷抛了几眼斜视，我们就只好决定不进城去，但在冰川旁边走走，马上再坐原车回江山。

玉山城外是由这一条天生的城河冰溪环抱在那里的，东南半角却有着好几处雁齿似的浮桥。浮桥的脚上，手捧明晃晃的大刀，肩负着黄苍苍的马枪，在那里检查入城证、良民证的兵士，看起来相貌都觉得很可怕。

在冰川第一楼下绕过，沿堤走向东南，一块大空地，一个大森林，就是郭家洲了。武安山障在南边，普宁寺，鹤岭寺接在东首。单就这一角的风景来说，有山有水，还有水车、磨房、渔梁、石礅水闸、长堤，凡中国画或水彩画里所用得着的各种点景的品物，都已经齐备了；在这样小的一

个背景里，能具备着这么些个秀丽的点缀品的地方，我觉得行尽了江浙的两地，也是很不多见的。而尤其是出乎我们的意料之外的，是郭家洲这一个三角洲上的那些树林的疏散的逸韵。

郭家洲，从前大约也是冰溪的流水所经过的地方，但时移势易，沧海现在竟变作了桑田了；那一排疏疏落落的杂树林，同外国古宫旧堡的画上所有的那样的那排大树，少算算，大约总也已经有了百数岁的年纪。

这次在漫游浙东的途中，看见的山也真不少了，但每次总觉得有点美中不足的，是树林的稀少；不意一跨入了这江西的境界，就近在县城的旁边，居然能够看到了这一个自然形成的像公园似的大杂树林！

城里既然进不去，爬山又恐怕没有时间，并且离县城向西向北十来里地的境界，去走就有点儿危险，万不得已，自然只好横过郭家洲，上鹤岭寺山上的那一个北面的空亭，去遥望玉山的城市了。

玉山城里的人家，实在整洁得很。沿城河的一排住宅，窗明几净，倒影溪中，远看好像是威尼斯市里的通衢。太阳斜了，城里头起了炊烟，水上的微波，也渐渐地带上了红影。西北的高山一逞，有一个尖峰突起，活像是倒插的笔尖，大约是怀玉山罢？

这一回沿杭江铁路西南直下，千里的游程，到玉山城外终止了。“冰为溪水玉为山！”坐上了向原路回来的汽车，我念着戴叔伦的这一句现成的诗句，觉得这一次旅行的煞尾，倒很有点像德国浪漫派诗人的小说。

一九三三年十二月稿

【作者简介】

郁达夫（1896—1945），名文，字达夫。浙江富阳人。现代著名的小说家、散文家。主要作品有小说《沉沦》《春风沉醉的晚上》等。散文集有《达夫散文集》《达夫游记》等。其文学活动贯穿于“五四”到抗日战争的几个重要时期。

秦　牧

云雾的家乡，松石的画廊

——赣东北三清山漫记

最近我到赣东北上饶地区,逛了一趟享有“黄山姊妹山”美名的三清山。国内旅游事业正在迅速发展，桂林、苏州、杭州、青岛等地，到处人山人海，有人计算过，在这些地方的风景点，有时一平方米之地就有一个人以上，你挤我拥，仿佛赶集，哪里像在旅游？就是名气不是那么大的地方，凡是有些风景之处，也是游人摩肩接踵，熙熙攘攘。这个势头现在不过初见端倪，将来发展下去，还会越来越甚。因此，除了发展原来的旅游

区域之外，开拓新的旅游区，就是一桩很迫切的事情了。四川的九寨沟，湖南的张家界，广东的上川岛等地，就是近年来才逐渐开放并吸引了四方旅客，“近悦远来”的。

江西大概也有见及此，那里正在大力发展旅游事业。井冈山和庐山都在江西，江西老表们不仅仅以这两座名山为满足，他们还要大力开发三清山、大庾岭，使它们凑成四大名山，招徕全国各地的人们。

三清山有什么来头吗？它的来头大得很。原来它又名少华山，古诗有“江南河处是仙家？孤柱擎空见少华”的句子，古籍中又有“少华之奇，不让天台雁荡”的说法。可见它早已为旅行家和方士们所注目了。它位于江西省东北部玉山、德兴两县交界处，景区面积220多平方公里，主峰玉京峰海拔1817米，比庐山、泰山都要高，可以说是高插云霄了。

晋代的葛洪曾经在这座山里炼丹，苏洵、苏轼、佛印和朱熹都来过这儿，据说徐霞客也到过三清山麓，因为山路险阻，没有登山。这是一座风景山。山里有不少景色，特别是奇峰异石和苍松老树，和黄山在伯仲之间，旅人们说它兼具“泰山之雄伟，华山之陡峭，衡山之烟云，匡庐之飞瀑”的特点，地质学者们说它的地质构造和黄山非常相似，因此博得了“黄山姊妹山”这样一个美名。

山区流传着这么一个故事：古代，有一个采药人进山采药，越攀越高，到了身绝岩，抬头一看，但见四方的奇峰异石，形状诡异，直刺天空。他生平从来没有看过这般瑰丽的景象，以为到了什么神仙境域，一时竟震惊得晕睡过去了。醒后他慢步下山，到处告诉旁人他到了神仙住的地方。登临这座山的高处，看那些古怪的山峰，我才觉得：这样的故事，并不是人们虚构出来的。

三清山又是一座道教名山。道教的始祖——东汉的张道陵，虽然不是江西人，但是一生都和江西有着极其密切关系。他创办“五斗米道”之前，做过九江令，创办“五斗米道”之后，又在龙虎山炼过丹。龙虎山和三清山同在江西境内，遥遥相对。

此公自号为“天师”，并且世世代代有一个儿子承袭这个名号，从东汉到民国，前后承袭了六十三代，近1900年，成了中国历史上仅次于孔子的“天师世家”。他的后裔在元代明代都得到了封号，在明代还享受“二品秩”俸禄。明代是道教兴盛的时期，不仅龙虎山的“天师府”修葺一新，在它邻近的这座三清山，也建起了许多道观。

至今，山里的建筑物很多都是明代遗留下来的。而且，三清山这个名字，就充满了道教风味，道教以玉清、太清、上清三处缥缈迷离的地方为神仙洞府。少华山刚好有三座山峰特别高，道士们认为这也是神仙居处，“三清山”也就因此得名了。

三清山又是一座具有革命纪念意义的山。土地革命战争时期，红军曾经在这里活动过，至今还留有“打铁洞”这样名字的山洞，是红军战士们曾经在那里打铁铸造武器的地方。再说，距离三清山并不很远的地方，有一座怀玉山，伟大的革命志士方志敏就是在怀玉山被捕，后来被解送到南昌英勇就义的。

三清山又是一个天然的“基因库”，一切保护区在保存天然物资、便利进行科学研究上都是宝贵的“基因库”。它有高洁清雅的天女花；有芳香珍贵的白梅花；单单杜鹃，就有十八个品种；它出产三百多种药材，还有许许多多的动物资源。你听说过这样的故事吗？外国有些地方，当某种家畜退化了，就把雌畜缚在郊野，等候和它同科的野兽来和它交配，以便获得矫健的新生代。还有，一些人类栽种的植物，由于世代的无性繁殖，退化了，就到森林里找生机蓬勃的同科属野生植物，通过异花授粉，培育出新一代茁壮的种子。森林这个天然的“基因库”，懂得加以利用，它就可以在遗传工程上发挥卓越的作用。在这一点上，三清山和全国各地的许许多多自然保护区一样，来日正可以大显身手呢！

我们是从上饶市驱车到三清山麓的响波桥的。这儿现在新建了招待所，可以让人们在山麓歇息一宵，然后从容登山。

管理局老徐兴致勃勃地为我们讲述山中的胜景。一边倾听他的介绍，一边翻看画册，的确是饶有情趣的。他说三清山不但瀑布多，而且还有彩色瀑布、红色瀑布，不但经常可以看到云海，有时还可以看到和峨眉异曲同工的“佛光”（人影投射在一个彩虹状的光圈中）。山里的奇峰异石、古树苍松、流泉飞瀑、古代建筑是四大特色。而奇峰异石中有三样东西，是其他地方极难见到的，号称“三绝”。有一条长石，长达128米，昂然矗立，状如“蟒蛇出山”，这是蟒蛇峰。还有一个82米高的石峰，雄踞山上，形态很像一个现代妇女，手里还捧着苍松，这是神女峰。还有一处地方，巨石分立，状如披着披风的观音在听童子奏琵琶，名字叫做“观音听琵琶”……三清山景区辽阔，我也知道我们这样匆匆登临是不足以尽揽山中胜景的，但是经过老徐这么一说，就更增加我们的游兴了。

我们是从南面登上梯云岭的。三清山有“东险西奇、北秀南绝”之说，大量美景，都集中在它的南部，也就是梯云岭一带。沿着新铺的石磴向上攀登，越走景色越美。

这是一座会唱歌的山，一路上，峰回路转，都可以不时看到那条蜿蜒而下的山涧，巨石急流，不断铮铮琮琮叮叮咚咚地喧响。山涧里还生产着蝾螈呢！走着走着，人也仿佛进入云雾的家乡和花树的画廊了。虽说是秋天，仍然到处可以看到野花。如果是杜鹃盛开的暮春时节，那一定更是一片花团锦簇了。山里的杜鹃有些已经长成碗口大小的一株，不像灌木而像乔木了。有一次我歇息在一株树下，抬头一看那树冠，不禁一怔，原来，那就是一株杜鹃！

山里植树被丰富，苍松翠柏到处都是，有些地方石峻树密，抬头看时，只见一线蓝天。我不禁吟起这么一首小诗来：

山深泉更响，
岭峻云偏闲。
千级石磴上，
仰观一线天。

我们一路走着走着，半途看到了“观音听琵琶”的美景。那观音的确是惟妙惟肖的。一路上的新石级，使人异常注目，原来千百年来，这三清山只有采药人、采樵人和道士们踩出的山路，并不曾铺什么石磴。近年来，此地风景区的管理局大力进行建设，以 70000 块巨石铺成了 20 公里的山路，我们才有福气走这样踏实的石径。但是即使如此，由于有些地方山势非常之陡，起码也有 45° 角的倾斜，几公里之遥，我们却足足花了三个小时攀登。深山很凉，感到寒风扑面，却又汗流浃背，着实是费尽九牛二虎之力，我们才到达梯云岭的招待所。纵目一望，啊！真是壮观啊，四周峰峦林立，怪石峥嵘。这些山峰或雄踞如兽，或屹立如屏，或拔地如笏，或伸展如旗。这般景象，我只从黄山的画册里看到，其他地方，都是从未一见的。飘飘盈盈，悠悠闲闲的白云给它们罩上了面纱或者系上了飘带，更增加了一种惝恍迷离的情调。

这时又有一队人物来了，原来那是一支由全国画家组成的队伍，他们在南昌看了“八大山人”珍品陈列馆之后，特地到这儿写生来了。这些画家们真像辛勤采蜜的蜜蜂啊！

梯云岭招待所之上，还有一处美妙的风景，那是一块高耸的巨石，说它是山上之山也无不可。到巨石之上，是无路可通的。但是石旁绑着一架木梯，共十三级，可以让人攀登。梯的另一旁是深渊，一不小心，跌下去就会粉身碎骨。我和同伴们小心翼翼地攀上去。到了上面，啊！四周耸立的奇形怪状的群山都看得清楚了！令人视野为之开阔，胸怀为之大舒。简直有点像在泰山南天门观景的风味了。

那夜住宿在梯云岭招待所里。深夜，风雨大作，风声雨声泉声，交织成一曲气势磅礴的乐章。人睡在床上，却仿佛是躺在大轮船上漂洋过海一般，风雨仿佛都变成波涛了。

我这么费尽力气，所游览的不过是三清山很小的一部分罢了。想着历代的药师道人，登上这山是多么的不易！我对那些山区筑路人和管理局的员工，不禁肃然起敬。他们硬是在深山里铺出一条新路来。将来，听说还要架设缆车呢！现在，一年的登山者只有十多万人，不久的将来，大概该可以有上百万人吧！雨声撼人，夜不能寐，我又作了一首小诗志感：

昂首巨龙探广寒，
翻腾蜿蜒彩云端。
雄奇瑰丽七千仞，
除却黄山是此山！

【作者简介】

秦牧（1919—1992)，原名林觉夫，广东澄海人，现代著名作家。其散文被誉为“散文一绝”，名篇有《土地》《花蜜与蜂刺》，著有《长河浪花集》《艺海拾贝》等。

欣　古

少华山访古

早闻少华山（又名三清山），风景秀丽，古迹繁多，由于山高路远，我几次欲登，都未成行。这次玉山县开展文物普查，讲完文物知识课以后，县里的同志约我们上山，我们欣然答应登山访古。

时节已届十月深秋，天老是下着蒙蒙细雨，登山的那天却是晴空万里，青山绿水，气候宜人，这是难得的访古天气。我们高兴地说："这大概是三清宫的原始天尊显灵吧！"这些"仙人"，经过十年动乱，他们也吓得远走天庭，现在社会安定了，又回到人间，也希望我们去考察，去访问，去开辟为他们所向往的旅游点，迎接为"四化"献身的人们。

我乘车来到少华山山脚下的玉山县游击垦殖场（即金沙——三清山乡所在地）。县里安排几位农友帮助我们挑着棉被和食物，准备在山上过夜。

一路上，由玉山县文化馆的小余同志作我们的导游，他一边走，一边介绍三清山的名胜古迹。

少华山绵延浙赣两省的交界处，方圆数百里，主峰玉京峰，海拔1817米，雄姿挺拔，冠绝群山。

少华山为什么又叫三清山呢？这是由于它界于德兴和玉山两县交界处的缘故，德兴人呼为少华山，进入“天门”，有“少华福地”的牌坊；玉山人称为“三清山”，大殿前有一长形的匾额，题为“三清宫”。

现有两条石级小路登山，东由龙泉桥至元关，为玉山上山之路，西由步云桥登山至“风门”，为德兴上山之路。我们由东登山，西边下山，游览了全山的风貌，考察了现存的古迹。

少华山开发较晚。据现有记载，它是明代景泰年间（1450—1457），德兴人王祐捐款开山建宫。现在山上大部分石构件建筑、摩崖石刻、石雕艺术甚至连石级道路，都是明代的遗物。虽然后代也进行过维修，有少数建筑已改变了原貌，但主体建筑还保留了明代中期的风貌。

文物的分布大体可以分为三组。第一组，从步云桥至“天门”——少华福地，也就是分布在长达二十余里的石级路边的文物点；第二组是以“三清宫”为中心周围分布的文物点；第三组是从三清宫往玉京峰一带的文物点。

第一组文物点又可以分为两段，从步云桥出发至西华塔，这里有摩崖石刻“庆云际”和“王家岩”，有古建筑、步云桥、扬清桥和西华塔。步云桥为明代的石质拱券桥，桥下流水潺潺，它似一座鹊桥，以前渡过千百万的善男信女上山朝拜，现在又渡过成千上万的游览者上山参观。西华塔是一座七层六角的明代石塔，每石都有五六百斤，逐级垒起，别具一格。它似少华山的接待员，站在山下招呼游人上山。从西华塔沿石级直上，经过三道泉、碧玉岩、登汉桥、登汉坡就到了德兴和玉山两路会合的“风

门”。这里处于海拔约 800 米的峡谷中，南北为高山，东西空旷，形成高空中的空气对流，产生了微风、大风，故名“风门”。“风门”两字高高地刻在巨石之上，我们从玉山的龙泉桥上山，到这里已经是汗流浃背，在“风门”的石级上稍息片刻，顿觉心旷神怡，汗消肤舒。

从“风门”开步的第一关为“玄关”，“玄”即指北的意思，也就是进入少华山的“北门”，有两座小石屋，内中有两尊石菩萨守门，由此而上直至“天门”，沿途多为摩崖石刻，如“清都吊桥”、“庐泉”、“幽洞曲径”、“禹门泉”、“岩龍”、“众妙千步门”、“东、西、南、北、中天门”、“冲虚百步门”等，由于雨水的侵蚀，字迹多剥落。在石崖下有时也放有石雕菩萨，可惜多已遭破坏。有些石窟浮雕的艺术价值较高。在“众妙千步门”的石窟浮雕上发现一些题记，如“大明天顺七年壬午岁清明，饶州府德兴县乐平乡信士立”，天顺七年，即公元 1464 年，可以证明沿途许多石雕、石窟浮雕均为此时所凿，因为他们的雕刻艺术风格基本一致。靠近“天门”的石窟，雕有一雷神，鸟嘴、突眼，身穿盔甲，威武庄严，线条流畅，雕刻精细，塑造了一位传说中既管雨又管风的造福人类的尊神。

第二组文物，有三清宫主殿、天门、风雷塔、王祐墓、飞仙台塔、詹碧云墓、纠察府、潘公殿、龙虎殿、演教殿、流霞桥等。登上“天门”，首先映入眼帘的是“少华福地”石牌坊，这是少华山的第二高台地。由龙泉桥或者由步云桥登山,第一高台地是“风门”,到那里仿佛有点脱离人间、步入天庭的感觉,而到了“少华福地”,那真似进入天境。浮云从脚下飘过，松涛响彻耳际，远远的山地有鸡鸣狗吠之声，周围是那样的寂静，石牌坊又是那样的庄严肃穆，牌坊的对联为“高凌云汉江南第一仙峰，清绝尘嚣天下无双福地”。这对联描绘了高而险的意境。牌坊两边各有一间小石屋，内有石雕,一边是衣冠楚楚的文官俑,一边是突眼露牙的武将,这两尊天神，拱卫着“天门”。据说他们善能识人善恶，虔诚的善人，到此都感到心安理得，顺利进入“天门”，而那些作恶多端的恶人，心中有鬼，见此尊神便胆战心惊，倒退而回。封建社会就是利用这种善恶报应的思想，促使人们从“善”去“恶”；同时，统治阶级也利用善恶报应的思想，要人们不要去反对统治阶级的剥削压迫。三清宫正对着“天门”——“少华福地”，是整个文物古迹的中心，大殿建筑外形已改变原样，并不像庙宇，却近似民房，大殿两侧，最近还盖起一栋招待所和一栋居民住宅。走进殿内，我们却发现它还保留着明代殿宇的结构，也遗留了清代维修的痕迹。前后两进，前进为三清殿，供奉着元始天尊、灵宝天尊（太上道君）、道德天尊（太上老君）的塑像；左右两侧龛内陈设着一些不知名的道教神像，后龛有施主王祐的塑像，以及财神爷——赵公元帅的塑像。神像除财神和王祐的塑像艺术价值较高外，其他神像雕得都不够精美。

后殿，中间陈设着王母娘娘和观音老母的塑像，还有神态各异的十八罗汉神像。王母为道教人物，观音则是佛教中的形象，这种佛道合一的陈设方法，反映了道教“全真派”儒、道、释三教合一的主张，反映了人民群众的善意。王母是职掌瘟疫、刑罚的尊神，观音则是一位慈祥的菩萨，人们希望王母和观音保佑他们福寿安宁，这在旧社会是最大的幸福。大殿内有一副对联：“一统大明祝皇祚于百世千世万世，三天无极存道气于玉清上清太清”。明代封建王朝的垮台离我们已三百余年了，道家祝愿明代皇祚于百世千世万世的神话已一去不复返了，但这对联却证实了殿内建筑为明代所造的事实。太殿门前对联为“殿开白昼风来扫,门到黄昏云自封”，描写了这个道教福地的清静环境。殿前亦有石牌坊、石香炉及惜字亭等。除惜字亭为清代咸丰年间所建造外,余均为明代所建。殿前石牌坊上的“三清宫”三字为明代资政大夫兵部尚书孙原贞的手书，书法清秀。坊柱的对联为“登殿步虚升太虚上之无上，入门求道悟真道玄之又玄。”道出了道家求道要“悟真道”是“玄之又玄”的困难心理。另有一题刻为“明景泰七年龙集丙子九月吉日,开山,德兴延溪帽峰费隐永禊王祐玄立”。这是“三清宫”最早的一条题刻，证明少华山的开发始于明景泰七年（1456）。三清殿后为演教殿，殿前对联为“法本自然演玄源之正教，经由元始阐道德之冲科”。殿内陈列有三清尊神和他们的门徒。开山道士詹碧云的墓较大，约有四十余平方米，周围有石墙，墓为三进，第一进为院落，第二进为祭坛，第三进为埋葬之处，上面有一九层石塔，石门上刻有“明治山詹碧云藏竹之所”,墓雄伟壮观,是全山石雕艺术中的精品。王祐和他三兄弟的墓，在詹碧云墓右侧五十余米，前有石牌坊，墓殿上设有王祐三兄弟的塑像。龙虎殿建在悬崖峭壁上，前有石龙石虎，就是利用天然的岩石雕成，龙倒卧在石上，雕法粗犷有力，还可以看出那吞云吐雾、似欲腾空而起的神态，虎面龙而蹲卧，威武雄壮，龙虎殿前一派龙腾虎跃的景象。在三清宫附近

还有为神而忙的“纠察府”，有独特风格的风雷塔和飞仙台塔。

第三组，为三清宫后山的文物点，这一带高山险阻，文物较少，仅有九天应元府、登真台和玉京峰等摩崖题刻。九天即天的中央和八方，中央为钧天，东方为苍天，东北为变天，北方为玄天，西北为幽天，西方为顺天，西南为朱天，南方为炎天。也许因为这里地势极高，有到了九天之感的缘故，故名九天应元府。雕刻和石建筑都比较简单，登真台和玉京峰的题刻苍劲有力。玉京峰是全山最高之峰，海拔 1817 米，“会当凌绝顶，一览众山小”。山下诸峰都隐没在云海之中，独有玉京峰雄姿挺拔高出云端，登上此峰，确有登上天上之天之感。

纵览少华山的明清石构件建筑和石雕艺术，建筑浑厚庄重，石雕线条粗放，当为我省仅有的明代道教艺术的宝库，是我们研究道教全真派的体系和明代建筑及雕刻艺术的可贵资料。

（原载《江西历史文物》1983 年第 4 期）

【作者简介】

欣古，本名李科友，原江西省文物工作队负责人、副研究员，退休后被聘为庐山白鹿书院顾问。曾主编《江西历史文物》《江西名胜古迹辞典》，为《中国名人胜迹辞典》副主编。

叶 辛

雾涌峰浮三清山

去三清山那一天，上海的梅雨季节还没过去。

下楼上车时，天正下着雨。车驶进沪杭高速的时候，雨下大了。淅淅沥沥的雨点骤然变成了倾盆大雨。车子不使雨刮器，已难以看清前方的路。

从上海到浙西，雨势一直保持在中到大雨状态。心中不由担忧，难得一次三清山之行，看来得泡在雨中了。同行的一位作家说，上次雨中去三清山，雾茫茫的，什么也看不见，没想到这次再去，又遇上了雨，语调充满了沮丧。

车过常山，雨停了。驶进江西的玉山，空气虽是潮湿的，却意外地发现，这里是多云天。

从道口上车来带路的仇虹姑娘带点兴奋地告诉我，这里一天都没下雨，又不出太阳，是游览三清山的最佳时节。快看啊，前方就进入三清山景区了。

透过车窗，首先进入我眼帘的，是波平似镜的三清湖。映着周围群山的湖水静静地温顺地躺在山脚下。湖面上漂浮着淡淡的雾纱，呈现一股恬静幽雅的境界，宛如一幅浓淡相宜意境悠远的风景画。

故而，三清山给我的第一印象，不是山，而是水，是蜿蜒傍着青山的湖水在黄昏里展现的美。

以后的三天时间里，畅游三清山，在明媚阳光的照耀下，在飘飘洒洒的细雨中，在乌沉沉的阴天里，在时雨时晴的山道上，在风声飒飒的岭巅，我看到了三清山变幻莫测的多种美景。屈指数来，只觉得三清山的山美、石美、峰美、水美、泉美、瀑美、花美、树美、林美、风美、云也美……在一篇短短的文字中，我不可能将一系列的美一一道来，我只能就三清山的雾岚，写下一点我的观感。

三清山的雾是多情的。看罢，那淡淡的、柔柔的、飘飘悠悠的雾气，时而像美貌少女蒙面的薄纱，把千姿百态的山峰笼住了，把绿荫遍布的岭腰揽住了，把一座座挺拔的山托起来了。有风从峡谷里吹来，白色的雾纱被吹散了，顺着山势，掠过树梢，升腾着，徐徐地飘忽着，如梦似幻地把花啊、树啊、林啊、雀鸟的鸣啼啊，全都掩映在雾色里，让人恍然觉得这不是在山上，而是步入了仙境。

三清山的雾是多彩的。看嘛，往峡谷深处居高临下地俯视，只见那雾球雾团慢悠悠地无休止地滚滚而出，随着雾霭的冉冉上升，逐渐地弥散开来，扩层而去，越往高处雾色越薄，轻柔的，色彩也由峡谷里的浓白，渐渐变为米汤白，淡白，当升腾到云端高处时，它又轻柔得像一种好看的透着蓝似的莹白了。

三清山的雾是多姿的。瞧啊，雨中的雾和太阳下的雾是不一样的，晴天的雾和阴天的雾是不一样的，奔突着的雾和静凝不动的雾是不一样的，岭腰里看到的雾和峰巅上的雾是不一样的，黄昏的雾和清晨的雾是不一样的，夜色里的雾和正午的雾更是不一样的。攀上禹皇顶，极目远眺，弥漫在千山万谷之间的雾，有时候似玉兔腾空，有时候又如洁白的羊群在奔跑，飘涌交错，争先恐后，那真是个雾岚的百般风流，千姿百态，看得我目瞪口呆。

三清山的雾是多韵的。静心地观，从山脚下往山顶上看，三清山的雾色里满是诗情画意。从峰巅上往山下看，时时会觉得有一种腾云驾雾、飘飘欲仙之感。站在半山腰间看，那雾气变幻出万千风情，尤其是行走在长长的西海岸栈道上，浩浩茫茫的迷雾似乎把山谷全填满了，让人觉得什么也看不见，什么也给恼人的雾遮住了。但是且慢，耐心地等一下，风吹来了，雾飘起来了，就在那雾浓之中，一棵青松兀然屹立，展现出它的雄姿，那真叫妙绝。如果有心情，不妨站在树林里，透过叶缝往外看那雾缎缠绻的山头，看那羞涩地露出脸来的仙女峰，哦，飘然若仙的司春女神，会令人浮想连连的。再由远处往三清湖上看一看吧，雾纱缥缥缈缈、隐隐约约从清澈的湖面上缓缓升起，恰似一匝巨幅的细柔透明的翼纱轻舞在湖上。

面对三清山的雾景，我不由吟出四句话来：

一景一景又一景，
看了再看看不尽，
层峦叠翠在眼前，
千峰万谷展豪情。

不敢说这是诗，只能说是我当时当地的真切感受。

这篇短文完成的时候，从广播里传来消息，在刚刚召开的第 32 届世界遗产大会上，由独特而丰富的花岗岩造型石和多种植被形成的三清山，被正式列入《世界遗产名录》。

那真是可喜可贺。就让三清山的巍巍青山和幽幽碧水，在雾色里变得愈加令人神往吧。

【作者简介】

叶辛，1949 年生于上海。现任中国作家协会副主席、上海市文联副主席、上海市作家协会副主席。主要作品有长篇小说《蹉跎岁月》《家教》《孽债》《华都》等。

陆天明

三清山，你惊着我了

我这人生性不喜欢“游山玩水”，都这把年纪了，迄今没去玩过黄山泰山华山嵩山五台山，也没去过人称最奇美的九寨沟，应该算是个明证了。虽然这些山和连带的水，绝对是美不胜收的。几十年来我也不太喜欢看庙，原因除了鲁迅先生说的“天下古庙都一个样”那一点以外，还有一个太重要的原因，就是我们供在庙里的那些佛像实在是做得“雷同”、“概念化”，太不能体现佛圣们本身所具有的那种博大精深而又极为丰富细微复杂、无所不包的精神内涵、生命象征和道义外延。

一个月前，我接到江西一个朋友的电话，他代上饶市、三清山管委会和江西省作家协会邀请我参加在三清山召开的一个笔会。当时，我一场大病初愈，正歇在家里“苟延残喘”着。我很犹豫。那么些声名显赫的名山大川我都不想去也没有去，现在要我去这个实在没听说过的“三清山”，我当然要犹豫了。但给我打电话的那个朋友是和我一起去印度访问的。一路上大家都处得相当不错。他又是江西省作家协会的一个负责人。而江西省作协的当家人陈世旭先生也是我的老朋友。这样，一下就把我“逼”到了非去不可的犄角旮旯里了。

好吧，三清山，我去。我这样想道。到那儿，他们总要给我一间房吧，实在不行了，我可以赖着不上山，赖在宾馆房间里，权当我病后找个清凉地换换空气，吃点新鲜土特产，补养补养身子……现在回想起来，如果那时我有心上网查一查“三清山”，也就不会那样的无知，又那样的消极和无聊了。说实话，那时我连上网查一下“三清山”的兴趣都没有。其实我每天都上网。就是不舍得花一点时间去查一查这个“三清山”。就这样，我非常勉强地作为“贵宾”被拉到了三清山。

但，就是这个三清山，在随后的两天里，却惊着了我，震撼了我，并深深地打动了我。

第一天上山，笔会的组织者，念我是“所有与会者中年纪最大的一个”，再加上“身体不好”，特地租了“滑竿儿”，抬着我，像个“地主老头”似的在山上转悠。即便这样，当天晚上回到宾馆，我的膝盖还是因为不适应那儿的潮湿，和偶尔爬上落下地用劲，火灼般地疼痛肿胀起来。但第二天，我执意不愿再坐滑竿儿，执意要随队伍中所有的年轻作家们一起步行。我知道，这将费力地去爬好几百甚至上千级台阶，而许多地方台阶的坡度足有五六十度，个别的地方甚至会达到七八十度。我还被告知，在第二天的行程中，我们还要步行通过一段四公里长的栈道。这条栈道建在海拔一千六百米高的山腰上。一侧紧靠着山壁,另一侧则是刀削般的万丈深渊。它是全世界海拔最高，长度最长，也是最险峻的栈道。而我偏偏还是一个严重的恐高症患者。平时，在电视里看到这样的情景两腿都会发软，心也会狂跳。为此，从前单位里的同事们曾开玩笑地说过，以后讨论剧本，就拉着老陆上高空索道缆车上去。这样他一定不敢再和我们争辩，会老老实实地听取意见了。

要在悬崖峭壁上连续走上四公里，也许会在云中，一定也会在雾里，或在来自峡谷底部的阴风的摇晃和撕扯中，而这条栈道的宽度还不足一米……我不知道自己到那个时候能否控制住自己将它从头至尾地走下来。恐高和抑郁是一样的，

许多时候患者自己是无法控制自己的情绪走向的。如果到时候控制不住，在栈道上瘫倒了，怎么办？但即便这样，我还是“强硬”地表示，绝不再坐滑竿儿。一个浅显的理由，当然是不想在同行中再显示那种“地主老头”的形象，但内心真实的想法，一种诗意的意图，是无论如何，我得向三清山表示我的敬意，我得向大自然用十四亿年时间震荡演化出的这个奇迹表示一个由衷的崇敬和顺服，就像藏传佛教的信徒那样，必须用磕长头的方式，用自己的身长去贴地丈量走向圣山圣湖和圣庙的长度，以此来向君临他们灵魂的佛祖表达他们内心深处的虔诚和向往。坐在滑竿儿上，如何能感受到地球上两大著名的板块十四亿年来渐进的相撞传递出的那种巨大而又微妙的战栗？我知道我作为人类中的一个个体，我不可能活十四亿年，更不可能回到十四亿年前的那一天，重新目睹我们所赖以生存的地球地貌形成的过程。但三清山正是这形成过程的顽强的见证者之一，也是精美的记录者之一。而这种记录的完整性和权威性，却让世界上最优秀的地学专家都叹为观止。站在这儿，举目一望，我的生命仿佛就增加了十四亿年的厚度和广度……

其实，一面走，我的内心一直在哆嗦。我不敢想象我脚下隔着一块水泥板，便是万丈千丈深渊。我不敢想象景区的建设者是如何在这样一个地方，只用了五个月时间，就给这花岗岩的峭壁上生生地楔上了这样一条栈道。我同样不敢想象，大自然是怎么在这十四亿年的时间里，用花岗岩，这种无比坚硬和厚重的材料，在这块方圆七百多平方公里的土地上， 画出了一幅幅连最伟大的水墨画家也无法画出来的那种山水画巨制。我无法想象竟然是这个“不知名”的三清山给了我十四亿年的确认，又给了我这样一种美学的自信：因为我也是大自然的一员，于是我总是在创造美，在走向美。一步一个景。每次回头都能让你发出一声惊叹。你在这儿必须承认山体是有生命的，是一个有意图的存在。你必须承认自己只是一个“蚂蚁”，而且是个转瞬即逝的“蚂蚁”。而这种承认使你消去俗世间带给你的全部骄狂和浮躁。让你全身心地融合到这十四亿年的凝固的无声的进行曲之中。行走在这样的栈道上，融进这样一部十四亿年的记录中，你仿佛获得了永生和永存。你不再只是一只碌碌无为或碌碌有为的蚂蚁，你就是那个继续在撞击华夏板块的扬子古板块，或者是那个正在挤压扬子古板块的华夏古板块……

你是如此的庞大，你将拥有太阳和全部的云雾。或者你正拥有太阳和全部的云雾。我更无法想象，大自然是怎么在这些年里辛辛苦苦地制造出了那个长达十里的杜鹃花谷，又是如何“漫不经心”地营造了那万亩苍翠松林。还有那些可以用来印证大陆漂移理论的南方铁杉和鹅掌楸……我似乎意识到，只有把自己变成那根酷似蟒蛇的高达一百八十米的标志性造型石，才能寻找到这里的答案。但你只能是个人。当你清醒地意识到，你只能是个人的时候，站在三清山的制高点玉京峰上时，你会以自己是个玉山人、上饶人、江西人和中国人而激动不已，因为这样一座三清山竟然就在玉山县，就在上饶市，就在江西省，就在我们这个叫“中国”的国度里……

是的，三清山惊着我了。它无可辩驳地让我意识到自己是多么渺小，我所拥有的生命时程又是多么的短暂。在我之前的十四亿年和在我以后的十四亿年，我都不是我，而这许许多多知名和不知名的“三清山”才是这片天地的真正主人。人类要学会向大自然顶礼膜拜，学会和大自然和谐相处。要从大自然默然的作为中领悟生命的真谛。一切都是不可抗拒的，十四亿年前和十四亿年后，人类还将有什么？

为了所有这些诗意的哲理的存在，我必须用自己的双脚在三清山上走一走。把整个十四亿年的历程都走一个遍。我不能傲慢。我无权傲慢。也没有资格傲慢。我用我肿胀和灼疼的膝盖和当天晚上几乎不能再移动的双脚，来表达我对三清山的敬仰，表达我的一点自豪……当天晚上，我几乎是一步一挪地挪到座谈会的会场上去的。座谈会结束后，拥有无比旺盛生命力的年轻作家们聚在一起联欢时，我却早已回到房间里，只能静静地躺在床上不能翻身，更不能稍稍搬动我沉重的下半身了，但我却在享受着那灼疼和肿胀带来的快感。这种快感惩罚了我两天前对三清山的无知和无聊，这种快感告慰了我在云雾中曾瞬间获得的永恒意念。这种快感将使我在不尽的思索中，久久地久久地回望这个令人难忘的三清山……

【作者简介】

陆天明，江苏人，1943年生，中国作协主席团成员，国家一级编剧。主要作品有长篇小说《苍天在上》《大雪无痕》《省委书记》等，电影剧本《走出地平线》，电视剧剧本《华罗庚》《上将许世友》《阎宝航》等。

韩小蕙

三清山神话

一

亿万斯年以前，三清山召开成立大会时，态度颇像后来的庄老先生，有点散散淡淡的，不十分上心——看，这一麓，老子还在半道上读经，愚公才开始动手移山，嫁女儿的龙王还没有喝完喜酒，送子的观音也尚未仙临；那一道，金猴还在戏弄八戒，唐僧还在兀自逍遥，探海的神龟刚刚伸出脖子，献桃的企鹅也还在忙忙地赶来……可是，大会主席司春女神就宣布开会了。这么神圣的、关系江山社稷的大事，她却一点儿也没板起千秋万代的面孔，只是“咯咯”笑着，就轻轻巧巧，将周遭一一布置妥帖了：

“你，玉虚峰，在左。给你一片最壮绿的松林，再配上赤橙黄绿青蓝紫七彩鲜花，让你一年到头，每天都有美女陪伴左右。”

“你，玉华峰，在右。给你两座最壮阔的绝壁，挂上四时常换常新的《三清多娇图》，让你从春到冬，每天都有成就感。”

“你，玉京峰，就待在中间吧。前有好汉站岗，后有纠察护卫，左面是青龙探海，右面有仙人指路，上边是鲲鹏啸天，下边又有葛洪献丹。哎呀，在整个三清山，你还是站得最高、看得最远的大仙，天天过的是观日出、伴云海的神仙日子，行啦，你是最美的啦。”

说完，她也不征求众仙、众神、众人、众生灵的意见，就兀自宣布散会了。然后婀娜地一飞身，跳上一块巨石，面向下边的万丈虚无，捧起一株仙草，端坐下来，就一门心思地视而不见，想开了自己的心事。她是那么的专注，微微颔首，略略颦眉，任万壑千度招手，凭松涛百般呼喊，也一动不动，只是打坐、冥想，以一副天然造化成的优雅剪影，留给世人无穷无尽的遐想……这位司春姑娘，是在筹划如何建设三清世界？是在思考天地人心的演绎？抑或，只是在思念她的如意郎君呢？

二

光阴荏苒，日月如梭。转眼就到了公元 2 世纪，这一天，是个云淡风轻的日子，道宗葛洪先生来到了三清山。

他刚刚经历了一场惊心动魄的官场斗杀！心有余悸、心如死灰之际，别无他处可走，他想起了堂祖父葛玄修炼三清山的事迹，就追随其后，避

到了这里。一路上心情烦躁，突然间“掉”进了恬淡的清凉世界，顷刻他就被奇奇幻幻的松涛、发痴发颠的云海、刚猛热烈的瀑布和敢爱敢恨的仙花、神草、动物、虫子们吸引住了。阵阵清风吹过，心灵被洗涤一新，他也就什么都明白了：名利如浮云，官场是深涧，中心处即肮脏的阴谋渊薮，岂可把昂贵的生命浪费在那里？！莫不如在这世外桃源，擢溪水，食朝露，做自由自在的闲云野鹤呢！

一驻足就是200年。后来，他想到自己应该离开了，还有那么多经国大业等着他去完成呢。可是，每次收拾行囊，却止不住细细思量：三清山的气象是与众不同的，好像总比别处多了些什么，又少了些什么——多的是梅妻鹤子的世外高雅，少的是凡夫俗子的市井鼻息？多的是涤心洗肺的朗朗清风，少的是熏心利欲的人间烟火？多的是知足常乐的人生颐养，少的是争强好胜的厮打斗拼？多的是江湖之远的千年清爽，少的是身在庙堂的戏剧装扮？呜呼，呜呼，三清山多的是大含细入的真学问、大智慧，少的是大话蒙人的假着子、伪手段……

又严严肃肃地思考了200年，他决定了：彻底留下，用此生余下的全

部心力，在这里修建一个道场，为三清山的人文环境贡献一分力量，留下一个万古流芳的仙名。

说干就干。夯土，烧砖，筑炉，掘井，炼丹，修道。后来，率领着越来越多的投奔者追随者徒子徒孙们，大干了200年、又顽干韧干了1000年，终于把三清山建成了道教名山胜地。

先先后后的1600多年，岁月的烽烟一直在向我招手。这一天，排除了万千杂事，整理出清爽的心情，我应葛老之邀，来到了三清山道场三清宫。亲耳听讲解，大开眼界：

三清宫借助地形与山势而建，完全师法道学的玄奥哲理。背靠九龙山，面对紫微北斗，其“就实向虚”的格局，体用的是“常有观其皎，常无观其妙”的道学经义。又依照“左青龙，右白虎，前朱雀，后玄武”的布局，左依青龙山应青龙之象，右靠虎头岩应白虎之象，前捧紫烟石应朱雀之象，后坐万松林应玄武之象。更加奇妙的是，三清宫还是建在一块形状似龟的巨大山石之上，常年不竭的玄武泉水，正好从“灵龟石”下经过，湜湜流入宫门前面云桥的水池中，从一个石兽嘴里吐出，其设计之高贵典雅而又自然天成，令人叹为观止。此外，三清宫所有的殿、门、石、塔、池、台、柱、井，以及山门、华表、石雕、石像、石刻等等均有象征，对应着八卦中的乾、坤、兑、离、震、坎……

真把我看得目眩神迷，似懂非懂之间，无与伦比地觉得带劲极了。

肃然起敬，我情不自禁地朝葛老拱手，由衷说了三句话：

“三清宫真是一座天然的道教文化博物馆啊！”

“不来不知道，越看越奇妙，超现实的深奥和文化，后悔来晚了！”

“感谢大仙邀请，我此生足矣，不虚此行！”

葛老先生双手合十，表情平静如水，从容答道：“知白守黑，为天下式。”

三

沧海桑田。公元2008年春夏之际，三清山隆重召开“申报世界自然遗产”国际研讨会。

此玣，众仙、众神、众人、众生灵的态度都已经完全改变了，从散淡无为到踊跃积极乃至个个奋勇争先。连司春女神也严肃无比，再也不敢掉

以轻心了——毕竟是进入了全球化的人类新阶段，也毕竟有了商品经济大潮快速发展的压力，更有了环境保护的责任和任重道远。司春女神还是那么年轻美貌，还是担任大会主席，名字却改为“东方女神”了，大概是出于扩大内涵与外延的需要。这一回，她发挥出最高智慧，动用了全身解数，把大会开得极为隆重，简直亚赛八国集团首脑会议。除了外请的国际知名专家，还让三清山自己的山峰、雾霭、苍松、翠柏、花、鸟、鱼、虫、动植物，全都庄严地出席了。

这次国际研讨会的一个重要议题是：整个三清山景区，什么最美？

玉京峰位于三清山之尊，德高望重，首先发言：“这还用说吗，三清山，三清山，一山为主，当然山峰是最美的啦。你们看，整个景区内千峰烈烈，哪个没有泰山的巍峨雄伟、黄山的朗俊壮秀、恒山的坚毅刚强、巫山的飘逸迷离？一言以蔽之，天下名山有的，我们这里都有；天下名山没有的，我们也有。”

它的话音还没落地，云和雾就一起叫起来：“不对呀，我们才是最美的呀。大到三清山的每座山峰，哪一座不是我们飘逸的舞台；小到三清山的每颗沙粒，哪一颗不是我们怀里的宝贝？有时太阳娘娘出来的时候，我们还和她一起表演，让神圣的佛光照彻天地人心。所以，散文大师秦牧先生才留下了一

句话，说三清山是云雾的家乡。”

松树和石头也一起喊起来：“不对啊，不对啊，秦牧大师还有下半句话呢，还说三清山是松石的画廊呢。三清山的松树是举世无双的美松，有大鹏展翅，有凤凰双飞，有姐妹争秀，有母女相依，有天女散花……三清山的石更是纳世间之珍藏，有天上的星星、陨石，有海里的珍珠、珊瑚，有土里的翡翠、玛瑙，有地上的花岗岩、大理石。还有艺术园地里的雕塑和篆刻，更有文学世界中的想象和理想。”

“嗨，嗨，嗨，都别自吹自擂了！”一向就不谦虚谨慎的动物们焦躁地开口了：“别忘了，我们是三清山的大家族呀，光是到目前的调查统计为止，我们就有 1728 种，其中的黑麂、云豹、白颈长尾雉等珍稀濒危动物，就有 54 种之多。”

“那我们这个家族更大呢。”连从来低调谦恭的植物们也忍不住了，七嘴八舌地说：“仅仅在景区里，仅仅是高等植物，就有 2373 种，其中珍珠黄杨、银杏、南方红豆杉、华东黄杉、白豆杉等特有珍稀植物，68 种，数目不比谁都多呀！”

“我们我们我们我们我们我们”

“嗡嗡嗡嗡嗡嗡嗡嗡嗡嗡嗡嗡”

吵成一团，互不相让。

谁也不再顾及大会主席司春（东方）女神的面子了。尽管她已经变换了 20 多种脸色，不满、恼怒、板脸、作色、生气、愤怒、警告、严重警告、威胁……最后，一向温文尔雅的她终于忍不住了，拿起木槌，“咣！咣！咣！”地敲起来。

然而今天，敲山镇虎，一点用也没有。大家一个个就像争着要摘诺贝尔奖桂冠，谁也不给面子，都不做谦谦君子了。

司春（东方）女神虽然年轻貌美，可是智商不低，深谙其中之水深浪高——忍。

四

“外来的和尚好念经”，还是请外人来评说吧。

而且，直接超越国界，洋和尚更好念经。国际大权威，已经在三清山考察多日了，材料都悉数看过。他们也都见多识广，具有国际视野，掌握着全球各个大洲、各个国家的情况，有比较才有鉴别。

美国国家公园基金会主席保罗先生应邀发言：“三清山是世界上为数极少的精品之一，是全人类的瑰宝。”

美国圣刘易斯大学教授、国际地质学专家逖姆·库斯克威接着发言：“三清山是西太平洋边缘最美丽的花岗岩。”

两槌定音：人家没有血缘的嫌疑，没必要不公正。

大处落墨：人家把三清山乃至全中国看作一个整体，才不鸡零狗碎，小里小气呢。

司春（东方）女神从心底里笑了，马上变得神采飞扬，精神焕发，生动饱满。她用最悦耳的声音，甜蜜和美地说："三清山诸位公民，让我们大家都向洋和尚学习吧，集中精力做事，不要再内耗了。我们万众一心，冒着敌人的炮火，前进，前进，前进，进！"

大境界才有大成功。终于，期待已久的辉煌胜利来了——2008 年 7 月 8 日，三清山申报世界自然遗产地，顺利获得成功！

皆大狂喜！

三清山方圆 756.6 平方公里的大地上，不分种、属、科、目、群，不分云、雾、峰、石、松，不分 1728 动物还是 2373 植物，不分高等低等男女老少美丑媸妍，一起喊起了震彻云霄和连绵千山万壑的欢呼声："万岁！万万岁！"

【作者简介】

韩小蕙，女，1954年生，北京人。光明日报社《文荟》副刊主编，高级编辑。著有《韩小蕙散文代表作》等20部作品。作品被译往美国、匈牙利、韩国等。获中国新闻界最高荣誉韬奋新闻奖、首届冰心散文奖、首届郭沫若散文优秀编辑奖、首届中国当代女性文学奖等奖项。

陈世旭

月夜三清山

多年前到三清山的第一个夜晚，我是被月光惊醒的。

是一家野店。茅草棚屋结在爬满藤萝的岩石下面。应该是在半夜以后。挂在床头的铁丝扭的烛台，一小截烛头的微光不知什么时候已经熄灭。月光从四面八方倾泻进来，满屋子光影斑驳陆离。屋后岩下的流泉格外地响亮，似乎是对月光的呼应。

竹片搭的睡床，乡下粗硬的土布被子，用米汁浆过，散发出阳光的气息，隔绝了山里深重的寒气，温暖而舒适。但是，这样的月夜，岂可安卧?

轻轻移开支撑在门后的树棍，我悄然走出。

下午徒步上山时，大山被烟雨吞没。而现在，晴空如洗。一轮满月，以一种生命本源的洁白与素净，盈盈地浮在山峦上深邃的天宇，带着九天风露，遍洒如海苍山。几乎感觉不到的夜风，在满山浓密的树林上滑过，

树林似乎凝然不动，而峡谷却悠悠蒸腾起淡淡的雾岚，曼妙而轻柔的波动，给壁立万仞的连绵山岭带来如许轻灵。月色洗涤了山上的天空，也洗涤了地上的群峰。

千百斯年，咏月的诗人无以计其数，中国人之钟情于月亮，因其澄澈而不炫目、宁谧而不沉寂。秦风汉韵，唐诗宋词，都溶在如练的月华中。古人咏月，让人看见的不是月亮，而是千年诗赋的烂漫华章。不知道是月亮让诗歌光芒万丈，还是诗歌让月亮直入魂魄。月亮温馨怡人的风致，飘逸脱尘的气韵，晶莹剔透的品质，慰藉了多少悲苦幽怨的心灵，孤寂飘零的生涯。月亮就是诗心，举头一望，便涌起强烈的归宿情怀。

峰巅之上，天离得很近，月离得很近，星离得很近，皆似举手可触。除我之外，再不见人影在地，与我仰见明月，顾而乐之，行歌相答。也无人叹息："月白风清，如此良夜何？"

月夜不只是诗人的世界，也是哲人的世界。

三清山地质变化凡十四亿年，乃是世界独一无二的花岗岩峰林。海拔近两千米的玉京、玉华、玉虚三山列坐群山之巅，俨然道家玉清、上清、太清三帝。最瑰玮绝特的是女神峰：一个栩栩如生的美丽女性倚天而坐。其前不远的峡谷，一柱万丈巨石形同巨蟒，拔地而起，一如坚挺雄性。

在清冷的无边月色大气磅礴的笼罩中，惟妙惟肖的三清帝和女神，一派神圣安详。

自晋朝葛洪开山，三清山被历代道家视作圣境，素所谓"天下第一仙山，世上无双福地"。古来置景缀点，摩崖刻石，皆按先天八卦布局，遂成道教人文之大观。现存的三清道观遗迹，巨石罗列，浑朴端庄，不难想见当年规模，不难想见有过多少虔信者终生盘桓于此，形体御风而独立，精神飘然而飞行，抛弃"物化"而融于自然。

道家之宗庄子在《逍遥游》中这样描绘了他哲学理想的最高境界："藐姑射之山，有神人居焉，肌肤若冰雪，绰约若处子。不食五谷，吸风饮露，乘云气，御飞龙，而游乎四海之外。其神凝，使物不疵疠而年谷熟。"

这与造化在三清山留下的杰作真是出奇惊人地契合。真不知是《庄子》图解了三清山女神峰，还是三清山女神峰预兆了《庄子》！

大鹏从"北溟"起飞，欲至"南溟"，亦即庄子学说的起点"无何有之乡"，其抵达的终点"南溟"，便是"藐姑射之山"。

姑射之山在何处？庄子说是"汾水之阳"，今山西境。而《山海经·东山经》说的是"又南三百八十里，曰姑射之山，无草木，多水。又南水行三百里，流沙百里，曰北姑射之山，无草木，多石。"依此说，姑射山应该在东南一带。《山海经·海内北经》又说："列姑射在海河州中。射姑国在海中，属列姑射。西南，山环之。"《黄帝篇》也说："列姑射山在海河洲中。山上有神人焉，吸风饮露，不食五谷，心如渊泉，形如处女。不偎不爱，仙圣为之臣。"今人据此而推测"列姑射山"似在日本或菲律宾。

事实上，《庄子》，寓言而已，亦幻亦真，幻者其形，真者其神。以我观之，若将三清山万丈直立的蟒形巨岩作世俗欲望的联想，则三清山女神便无妨视作姑射山真人的化身！人之所谓修炼，便是在这两者之间徘徊。

姑射山真人，无所谓男女，不过是一个“绰约若处子”的精神载体。其腾云气，饮甘露，不食人间烟火，来无影，去无踪，入火出水。庄子以“至人”、“神人”名之。世人自应作形而上理解：超越现实，在任何状况下都让自己不受任何羁绊，做真正的自己。这方是庄子主张的本来面目。

至人并非神仙。卸下神秘的外衣，至人其实是通晓万物本性、顺应自然变化的达道之人。所需的只是忘怀世俗利害得失荣辱毁誉，褒贬由人，俯仰随我。至人并不远离尘世，而是生活在人群当中，唯其精神游离于俗世，在高妙玄远的境界徜徉。内心恬淡，虚怀澄明，不但精神自由，处世也游刃有余，不为物役。任何人只要摆脱了功名利禄的束缚，超越一己的生死界限，胸怀自会变得宽广，心灵自会变得澄明，精神也自能获得超然物外，怡然自适的逍遥。

庄子的逍遥理论是一种伟大哲学的起点。作为一个睿智的东方哲人，他以走向逍遥超越人生的痛苦。当人超越了个体，将小我融入宇宙，当人从九万里的高度俯视人间，人生的苦难也就如尘埃消融在茫茫宇宙之中。

庄子的人生哲学源于对人生悲情的体验和由此而来的孤绝，这孤绝是其对精神尊严的固执。这使他无法与世俗妥协。

庄子，一个哀伤而高傲的精神贵族！承担着俗世的全部悲哀，独与天地精神往来。

庄子之所以一直能引起深广而持久的激动，就是因为它以独特的力量穿透现实的重重屏障，告诉人们在内心深处守护最后的尊严。

所有这些，便是我从三清山女神峰读到的全部意义。

可惜的是即便欣赏庄子文采的人，也未必都理解庄子的痛苦。

三清山有升天石。游人多热衷其台阶的“连升三级”，以为摄取权力与财富的象征。殊不知“升天”的最大意义恰恰是世俗缧绁的解脱。

三清山又有仙人指路石，高耸在森然葳蕤的古木丛中：一位饱经沧桑的老人面对人生的忧患指点精神超越之路，在现实物质世界辟出一个大光明的精神领域。

三清山，堪称中国经典哲学的一本图文并茂、形神兼备的完美教科书。

三清山是坦荡的，没有半点浮华；三清山是明澈的，没有丝毫尘埃；三清山的明月和坚岩，透着人世本来的意义。总会有人懂得那淡淡的朦胧。朗月之清清，清我心。三清山那一片峰峦绵延如云，在起伏俯仰之间，送我到精神辉煌的顶点。

此夜为我而晴，此月为我而明。青黛色的天空下面，广阔与悠远，静美与神秘，深邃与博大，令心灵震颤。放眼极目，月下峰无数，没有绚丽斑斓的色彩，只有简约持重的线条。纷繁的思绪变得简单而清晰，封闭的心里所有的滞重烟消云散。时间就此停止，记忆从此封存。

这该是涤荡心灵的地方，是一生想停留的地方。啜饮三清月色，凝望三清奇峰，凡俗的心，交付在天地之间，一任逍遥，翩然飞扬，还我天真，恍如遁入另一方世界，冥冥中知“我”是谁?

一个渺小卑微的俗物，能为明月与高山一样的哲思所浸染，不至在卑琐、庸俗的泥淖中挣扎而不能自拔，果真如此，何须奢求更多?我一无长物，能面对挚友般的三清山月色与峰影，已够满足——哪怕这是我唯一的财富。

夜气渐凛冽。风虽寒但不致侵骨，人虽孤独并不萧瑟。在充满隐喻的三清山月色波动的夜晚，踏着月光的去路，便是踏上大自在的坦途。无须回首来路，无须强求遗忘，逝去的日子，无须再被忆起。三清山此夜的昭示，便该是我理解人生的唯一方式。

四顾寂寥。想象中有一羽化之士，飘然而过我，惊而视之，不见其所终。

“天地有大美而不言，四时有明法而不议，万物有成理而不说。”（庄子《知北游》）月不语，自有光辉；山不语，自有巍峨；天不语，自有高远；地不语，自有广博；人不语，自有境界。

三清山，让我在苍茫的大千世界，获得一分清醒和超然。

【作者简介】

陈世旭，著名作家、诗人，20世纪80年代以《小镇上的将军》一举成名，20余年来笔耕不辍，“日写五千文字”，被称为中国文坛“常青树”，江西文坛的“领袖”；近年其作品对“当代知识分子的生存状态、灵魂漂泊、精神成长进行了精当描述”，“表达了消费时代中国知识分子人性割裂与精神‘沙化’的深切忧虑”。2005年初，陈世旭连续推出两部表达当代知识分子焦虑的长篇巨著——《边唱边晃》《一半是黑色一半是白色》。）

邱华栋

三清山览胜

江西有几座很有名的山，庐山、井冈山、龙虎山，我都去过了，庐山可以看成是中国现当代史、特别是民国史的一个注解，很多历史事件都和庐山有关。庐山的云雾和别墅是很有名的，我记得几次上庐山，都被忽然出现的云雾所包围，至于那些兴建百多年的老别墅，座座都有故事。而井冈山则是毛泽东当年领导红军起家的地方，有一种奇特的野气和草莽气，是豪杰和土匪应该喜欢的山林，山势险要，层峦叠嶂，竹林、树林和草丛，瀑布、山岚和云雾都是井冈山清秀、奇特的象征。而龙虎山则是近些年才开发的一个旅游地点，山的特点是碧水丹山连绵不绝，有一个长达五千米的山崖洞穴更是独特，还有春秋战国时期在那里发现的古越墓群也很有考古学价值。

2008 年 6 月，我们一行多人来到了三清山，江西的另外一座名声久远的山。三清山在上饶市境内，景区面积 756.6 平方公里。汽车从上饶往北，走了几十分钟，一直在山脚下盘旋，但见有一汪随着太阳光的变化颜色也不断变化的湖泊，一直跟随着我们的车子在山脚下走动，可见那湖面的广大。三清山我过去听说过，印象里是一座道教名山，和武当山齐名，但是这三清山似乎有些“养在深闺人未识”的味道，不知道是地处偏僻还是宣传得少，总之这三清山不大被提起来。

三清山，何谓三清？是因为她的三座山峰的名字而得名：玉京峰、玉虚峰和玉华峰。其中，玉京峰是整个三清山的主峰，它海拔高达 1819.9 米，另外两座山峰则高 1776 米和 1752 米。从地图上看，三清山是众星拱卫三

山峰，崛起于江西东隅的奇特所在与好的去处。我们一路从南昌出发，沿着高速公路东行，走了四个多小时，沿途可以看到大部分地区的植被都很好，绿色从来都没有间断，生态养护很不错。大片的稻田中，水牛和白鹭和谐相伴，农民躬身在田地里劳作。

我们抵达下榻的山庄宾馆，暮色已经升了起来，将山体笼罩在朦胧的雾气当中了。当天晚上出来散步，可以听见久违的蛙鸣在四周聒噪，而萤火虫挂着它们的荧光灯笼，在我眼前飞动。萤火虫是对环境特别敏感的生物，如果环境糟糕，哪怕是得到了一点污染，萤火虫就无法生存。看着眼前暗黑的空间里萤火虫的安闲飞舞，心态立时安静了下来，安静得仿佛是被山谷稳稳地托住一样。

第二天，我们很早就来到了三清山的东面，乘坐从东边设置的缆车直上山顶。东边的缆车引进的是奥地利的缆车技术，安全系数高、速度快、容量大，一个缆车里可以坐八个人，缆车很快就把我们送到了几百米高的地方，但见脚下万丈沟壑和山林，溪水白花花奔走在山沟里，树都小得像草一样在脚下拥挤着，恐高的人肯定受不了。缆车在 7 分钟之后，就到达了海拔一千五百多米的地方，从这里，沿着一条盘旋而上的水泥和钢筋构成的现代栈道，缓慢地登山而上，然后，你就会豁然看见了三清山的真容。从海拔一千五百多米的地方往外看，可以看见一层层的山体逶迤而去，被淡淡的云雾所笼罩，山体隐现在云雾中，十分壮观，如同国画中的千里江山大泼墨。盘旋而上的栈道宽两米左右，安全平缓，但是在不断上升高度。很快，就开始有台阶出现了，这个时候是登山的攻坚阶段。一个人的体力好坏，在这个时候就看出来了。但是因为越往上走，景色就越漂亮，山体也完全裸露了出来，那些花岗岩的峰林，奇崛地耸立在那里，成为召唤你的美人，你就会加紧爬山。很快，我就爬到了“巨蟒出山”的地方。这“巨蟒出山”，是高度 128 米的柱子状的花岗岩石峰，形状很像一条巨大的蟒蛇，

高昂着头准备发起攻击。128 米高，是三十多层楼的高度啊，那花岗岩就那么没有任何支撑地耸立起来了，的确是非常的神奇。

我们达到了禹皇顶，看到了万笏朝天的峰林景象，还有神女峰，就像一个美女端坐在那里思念自己的丈夫。由于在历史上的激烈造山运动，地壳运动的频繁，使得这里的山体断层密布，加上后来的风化侵蚀和重力崩解，造成了各种花岗岩峰林和怪石突兀，奇峰矗天，幽谷万仞。我们就沿着台阶上上下下，走得、爬得汗流浃背，在峰回路转中，领略到了三清山的秀丽和奇崛。由于伟大的地质构造的运动，这里保存的生物种类非常多样，在别的地方灭绝的动物、特别是植物，在这里都可以找到踪迹。有人过去告诉我三清山是小黄山，但是我觉得黄山和三清山完全不一样，三清山有着独特的风貌，山顶上她的峰林集中而突兀，更加险峻和奇秀。

第三天，我们坐南部的索道上山，南部的索道是早年修建的，速度慢，每个缆车内可以坐两个人，脚下的山体相对平缓，四十分钟，缆车上到了南边的海拔一千五百多米的地方，刚好和我们昨天上去的地方在山体的两面。从这里拾阶而上，爬台阶爬得快绝望的时候，忽然就到达了平缓之地了，一条栈道出现了，这里叫作西海岸，和山体另外一侧的阳光海岸连接起来了，形成了长达 9 公里的栈道。

我们沿着西海岸一路走下去，但见三清山连绵起伏，造物主给我们造出了一片人间胜境。三清山的栈道是特别值得书写的，它长达九公里，就在山体的悬崖峭壁上蜿蜒而下，十分险峻，人在上面走，就如同在景色里走，就如同在风景画里走。有时候云雾起来了，互相隔几米都看不见，都在云雾中了。走三清山的九公里栈道绝对是绝佳的体验，在云雾中、在风景中行走，你满眼都是景色，可以眺望，也可以微观，可以驻足，也可以快步行走如风。啊，在这悬崖峭壁上的栈道的行走中饱览景色，真的是三清山游览中最奇妙的享受。不过，行走于栈道之上，还是需要体力的，9 公里长的栈道，怎么说也要走三四个小时。而一路走过来，体验了云雾，经历

了突然降临的雨，还看到了奇特的松树、繁多的植物，偶然跑过去的松鼠和其他动物，啁啾的小鸟，这些都构成了我关于三清山美好的细节回忆。最后，我们来到了有一千六百多年的三清宫。这里还留存有一座道观，不过从山间的平台上可以看见过去道观的规模很大，赫红色的基石都还在，建筑在战火和兵乱中消失了。而现存的道观中还有道长和道士，雕塑和香火。不过，我觉得这个道观仍旧可以继续恢复原来宏大的面貌，恢复道观真正的风貌。毕竟道教是我们国家真正的本土宗教。

三清山，绝对值得一览。下山一个星期之后，从加拿大传来消息，在第三十二届世界遗产大会上，三清山被列为世界自然遗产，获得了与会代表的全体通过。三清山从此迎来了它新的历史。

【作者简介】

邱华栋，1969 年生，新疆昌吉人，中国作协会员，《青年文学》主编。著有长篇小说《夜晚的诺言》《白昼的消息》《正午的供词》，中短篇小说集《哭泣游戏》《都市新人类》，诗集《岩石与花朵》，随笔集《私人笔记本》《城市漫步》等。

李晓君

秋天，三清山及其他

一

这是一个秋日的黄昏，天空云翳低沉，有金色日光刺破灰色云层的边缘，将光芒劈洒下来。这样的时刻仿佛让人产生某种预感。

上山途中，中巴车在赣东北的乡野奔驰，车很新，那种工业时代的机器，有一种不由分说地盲目的力量；窗外的风物却古旧：用泥土、木棍垒起的土房子区（俗称干打擂）。带着枯萎气象的锯齿状植物。圆石裸呈的清浅河流。青灰色的淡漠远山。弯曲的乡间公路。灰暗的农人背影……一切皆是自然平常的。

去山上的路，足够漫长，而我们也有足够的耐心。我记得多年前读过里尔克的诗《秋日》，现在如窗外的事物一样，纷纷扑到我的眼前："主啊！是时候了。夏日曾经很盛大。/ 把你的阴影落在日晷上，/ 让秋风刮过田野。// 让最后的果实长得丰满，/ 再给它们两天南方的气候，/ 迫使它们成熟，/ 把最后的甘甜酿入浓酒。// 谁这时没有房屋，就不必建筑，/ 谁这时孤独，就永远孤独，/ 就醒着，读着，写着长信，/ 在林荫道上来回 / 不安地游荡，当着落叶纷飞。"

在旅途中，在一个陌生乡野，一个喜欢从事精神活动的人，自然而然地会用诗歌去填满他的心情。而且这样的心情和将要去的那个地方如此相宜。

记得车子在一个乡政府门前略作停留，集镇上有种平静中的热闹，店主将五颜六色的货物直接摆到了街道上，有石桥在街道一侧：水流潺潺，

洗衣的妇人蹲在砌到河里去的石阶上，高大的香樟树散发着植物的香气，它的浓重阴影涂抹了一地。乡民或坐或走，背着背篓，夹着香烟，有说有笑，神情平淡恬静。车上的人纷纷下来，松动筋骨，浏览景色。

我在淡淡的烟雾中看到夕阳的橘色金边。

二

据说三清山得名于道教的玉清、上清、太清三个境界。这座山，我已经来过几次。似乎每次的天色都比前一次更空蒙一些。

缆车在半空。周围是模糊的云雾，潮湿的空气，低矮的云层又在酝酿一场新的降雨。

山上的气候比起山下明显地凉了。人坐在半空的索道，这封闭的通过机器带动运行的一个个方块铁壳子，让人不安和隐忧。我记得第一次来到三清山还是多年以前，那次住在山上。清晨，走出室外，阳光灿烂绚丽，涌动的云层擦拭着奇峰，一棵棵经年的松树、杜鹃，它们努力生长的样子就像趋光的蛾虫，一致地倾倒于太阳的方向。寻觅生意、抬竹轿的山民，普遍矮小、瘦弱，却很有耐力。他们一路上尾随着乘客，对于年老体弱者，他们更是趋之若鹜。

山头伫立，我们看见一些白色、粉红和淡黄的花，开在巉岩、红壤和幽绿的枝叶处。在雨雾中，它们像姑娘们泪眼婆娑的脸，让人无限怜爱。

有比我们更早到的游客，他们披着薄如蝉翼的简易雨披，脸上湿漉漉的样子，显得凝重而楚楚动人。我们的队伍在短暂的合流后，分为了三个梯队。走在最前面的是，年轻体壮和常年爬山的人，中间行走的是老谋深算不疾不徐富有旅游经验的人，走在最后的是年老和体弱者。

在西海岸，大团大团的云雾袭来，我们犹如置身梦中。栈道架在横空从山体伸出的梁柱上，狭窄、崎岖，我们头上脚下皆是漫无涯际的云海。人，为什么喜欢在这巨大的虚空里行走——历险？以及满足历险后虚拟的成就感？

雨中，不时有人从背包里拿出相机拍照。曾经，有那么片刻，远处山峰的轮廓突现端倪，阳光驱散了云雾，远山在青灰的混沌中露出黄赭和青绿的颜色。那么清晰的山的轮廓，像一个健美的男子的躯体，在云雾中亭

亭玉立。

然而仅仅是短短一瞬。

有一些经年的杜鹃，不时阻挡在前面，必须弯腰才能从崎岖的枝干下面经过。低身时我看到：青黑色被水浸湿的水泥栈道上，平静地躺着椭圆形的金黄落叶、细碎的枯枝、一些无名的米粒一样大小的野果。蕨类植物、青翠竹叶和偶尔的不合时令的白的杜鹃花，长在其上的坡上，皆裹挟在一个潮寒、湿润的世界里。我们周围有那么多的奇峰异石，它们，也都隐没在茫茫的云雾之间，不曾被我们目见。

记得多年前一个晴朗的上午,在山上,曾经看过一个“神女峰”,一个“巨蟒出山”。神女峰恰似一个在眺望的女子，颔首不语，望眼欲穿。

那个巨蟒出山，是一根高耸的石柱陡然腾空，扶摇直上，一副蛮不讲理高高在上的样子。在这座奇异的山中，就有这样一些奇异的峰峦、石头。

三

从山上下来，已是黄昏。

窗外的景色一如上山的时候。风雨已经停歇，夕阳在田野上拖拽它美丽的金边。

车厢里静，偶尔有人在椅子上移动身体，发出微响，都显示出一种疲倦的气息。

车轮摩擦着石子路面，发出沉闷、滞重的钝响。司机笃定地驾着车，想着满腹心事。黄昏扑打着车窗。

这时车厢内的静和外面的昏暗已融为了一体。时间在这里停滞。我亦不知道身在何处，就像一艘航行在未知海域的轮船，在黑暗和涛声中盲目寻找目标。生命也是静默的，抑或是悲凉的，月光照耀的深广的海面，暗

蓝色的波纹像忧郁者胸脯上繁复、艳丽的文身。我是在此处，又分明在远方。我们都不在自己的身体里，随意识在虚无的高处飘荡。

这时，我分明看见“归途”两字，它印在夜晚的屏幕，就像巨大的星星怀着喜悦和感动。我们一生似乎都在寻找归途。而我们不免时时被家园放逐，找不到来路。我们以为我们是在还乡，其实我们错了，我们是把歧路当作回乡之路。这样的命运就可想而知。我们一生博弈的——使我们痛苦的那个东西，那个隐身人，他的名字就叫作“命运”吗？

或者，“归途”和“命运”是同一个人的两种称谓。

车子颠簸着，在乡村公路飞驰，夜色消融，有暗的光在窗外一划而过，像许多张看不清的模糊的脸消失在夜色中，可以想见路旁摇晃着枝叶的大树，在沉睡中依然静静生长，在有限的时间里，它们无限地生长和腐烂。还有匍匐在土地上的山峦，在起伏交错的线条里，永恒地沉默，然而每日都像是新的。

四

清晨，人们不告而别。我们从一个小站出发，去往异地。我过于熟悉车厢里的气味，我对列车上旅途者的心情也感同身受。

旅途一路无言。我看着车子出省以后，邻省的树木、田野、植物、建筑，已殊异于自己的土地，在我们这里，建筑和植物似乎都是随意和漫不经心的，有些粗枝大叶的淳朴和松懈。而这里的风物，显示出人们的心智和趣味：规整、精细、紧凑。

同行者当中，有位戴黑框眼镜的时尚青年，正在看一本诗集。我的目光停留在封面，并在他休息的时候伸手将书拿过来。近乎白色的浅蓝封皮上，印着诗人的肖像：扭头望向一侧，顺溜的黑发上白丝可数，眼镜架在一个宽鼻梁上，然而是一张瘦削、肯定的脸，紧抿的唇，深的人中，这张三分之二亮光、三分之一侧影的脸，充满学者和思想家的智慧和冲淡。这是一张我比较认可的男子的脸。封面的右上角印有简介：肖开愚，1960年生于四川省中江县和平乡。1979年从四川绵阳中医学校毕业，到中江县城关医院行医。……1997年到德国，迄今住在柏林，受德国文化基金会等基金会的支持专事写诗。……

我翻开，目光一直停留在这首《黄昏》上：

我站在房顶眺望远山，
灰白雾霭中一团淡蓝的幻影。
蓝色扩大着，
像蓝墨水倒入牛奶里。

我站在房顶眺望远山，
灰白雾霭中一团淡蓝的幻影。
蓝色扩大着，
像蓝墨水倒入牛奶里。

温和而奇异的句子，这些句子，唤起我某种久远的记忆，像是许多年前安静的童年、少年。一个缺少牛奶但熟悉蓝墨水的年代。我透过纸面的诗句，看见过去年代的县城，和傍晚的灯火，虚幻的意识和被革命歌曲占据的业余时间，灯火安静、克制，像温柔敦厚的人心。我那时的心思，简单、透明，我只是怀着想成为一个大人的愿望。只是希望静悄悄地成长。没有爱，不懂得未来的岁月会对爱执着近乎盲目。我为过去安静的岁月的一去不返感到遗憾。

在这样的胡思乱想中，我将书合上，我听到你们的絮语，但没有一句为我的内心所捕捉。与我的神思恍惚相反，周围人的神情显示出一种信心和安静。

这是我们的时刻在降临，
我们的影子站立起来成为我们。
这么礼貌，这么静悄悄，
我与你们一道从房顶下来走进房间。

列车的节奏，应合着诗句的节奏，但诗歌的清澈质地使车轮撞击铁轨的声音被取消了。诗的意境在扩大，在混乱的车厢里，诗歌清洗了混乱的视线。我的目光久久停留在这些奇异的句子上，停留在继续延伸着的过去的时光、记忆，在诗句暗示的意境中，看到我们的脸在往昔中浮现。像晚春的花在昏暗的水面上浮动。在这样的臆想中，我看到我们，消失在各自的大街。

周围的絮语断断续续，像梦者的呓语。我的头伏在桌上，胳膊肘抵着对面一对打工夫妇放置其上的卤蛋、盐水花生和矿泉水瓶。这对夫妇，也几近于沉默，淡漠的目光望着我们（或者越过我们看到后面），他们起初

顺直地坐着，并且吃着东西。当我醒来以后，看到男的头靠着窗框，女的反身趴在男的胸上。他们的身体紧密地黏合在一起，就像他们选择的婚姻，牢不可破。他们的眼神让我感到他们对前方未知的空间的忧虑和无所谓。

列车移动着，我又睡去。

蓝色带着另一个房间退让，
带着夜晚。而窗外
山峰耸立用黑色
——点亮这盏台灯。

【作者简介】

李晓君，江西莲花人，1972年生，中国作家协会会员，江西省民间艺术家协会主席，江西省作家协会副主席。在《人民文学》《诗刊》《散文》《散文选刊》《青年文学》《散文海外版》等刊物发表散文40余万字、诗歌200余首。作品曾入选《中国诗歌年鉴1995卷》《90年代江西文学作品选》等多个文学选本。著有散文集《时光镜像》《昼与夜的边缘》等多部。曾获江西省第五届谷雨文学奖。

江　子

回忆 1993 年的三清山之行

一

那时候我是多么年轻！才 22 岁。我满足于贫穷的生活境遇，用不多的薪水订阅了大量的诗歌刊物，热衷于在纸上推敲词语、节奏，写下分行的句子，构筑虚妄的梦想，像那个时代几乎所有的少年一样。因为诗歌，我登上了位于江西上饶境内的三清山。

我必须承认，我是有福的，我在抒情的年龄遇上了抒情的时代。1990 年代初期的中国，诗歌依然是一门受到人们尊敬的技艺。我记得我有一组诗歌获得了《诗神》主办的全国新诗大奖赛一等奖，信件竟然像雪片一样从四面八方飞来，投落到我栖身的一个乡村小学。暑假我出门远游，竟然发现到处都有我的相识与不相识的盟友。他们为我接风，专心致志地听我发表一些凌空蹈虚、语无伦次的言辞，或者即兴朗诵北岛、海子、王家新等诗人的诗歌，一起满怀沉痛地谈论海子的死亡，推杯把盏，享受着词语的盛宴。我记得那时候《诗歌报月刊》还没有停刊，封二照片里的诗人大

多神情忧郁目光冷峻，一个个都是受难英雄的角色，我记得《诗歌报》的主打栏目有一个让人热血沸腾的名字叫“第一千零一个”，无疑是取材于朦胧诗主将北岛的诗句。河北的《诗选刊》那时依然叫《诗神》，是的，那时候的诗歌，依然是精神的神话，而写诗的人们，是等待忝列于神灵之侧的人子……

1993 年 4 月，我应邀参加了在德兴举办的江西谷雨诗会（谷雨诗会，曾是江西省省长邵式平发起的一个江西著名的诗歌活动）。与会的有在《诗刊》当编辑的邹静之。那时候他还年轻，体壮，像个北方大汉。他在八十年代写的组诗《北大荒》让许多人耳熟能详，资深编辑、老诗人王燕生也应邀而来。江西的与会诗人有六十多岁的郭韦求，还有程维、殷红、汪峰、凌非等等，可谓老少咸集，群贤毕至。老诗人郭韦求早在七十年代发表的《青春中国》点燃过多少青年的热血！记得前几年，我送一个年逾不惑的做局长的朋友下楼，正好看到郭韦求的背影，我指着前面正走着的郭老告诉朋友，原本装腔拿调的局长朋友竟激动得跳起来，当场在楼梯上朗诵起《青春中国》。程维的新古典主义诗歌在国内已经引起了强烈的反响。很多年后，我还记得他的《无名剑》中的几句：“十年磨一剑。你的剑是水做的 / 潇潇易水，在一位侠客的披风和两行短歌后面 / 曾经闪动过：三尺的秋天……”这是多么天才的句子！殷红留着大胡子，相貌粗野，眼睛里混杂着恶棍和情种的光芒，他的一首情诗曾经获得偶像级的诗歌刊物《诗歌报月刊》的一等奖。汪峰已经写出了《甘蔗》《写在宗谱上》《二胡》和《书香》，他的组诗《书香》里的精彩句子，一度成为当时大学生约会的暗号。而我最喜欢的是他的《二胡》，“……艺术啊。我永远是一匹孱弱的马 / 放逐在盲琴师手上。饮下音乐 / 泪雨交流……”这样的诗句，即使今日读来，依然让我想哭！凌非已经参加了第十二届青春诗会。这个少年得志的诗歌天才，有着桀骜不驯的个性。他只有 24 岁。那时候，几乎所有的诗人都有不同的脾气。……在诗会上，诗友们其乐融融，却又不乏激烈的交锋。有一个诗友问起一个关于诗歌意象的问题，立即遭到了许多人的批评，原因是问题过于浅显引发了不满……而业已成名的诗人，无疑成了诗会上的英雄……

诗会结束后，诗人们开始攀爬三清山。

二

位于上饶市境内的三清山，自古有着“天下无双福地，江南第一仙峰”的美誉，又有玉京、玉华、玉虚三座山峰如三清（即玉清、上清、太清）列坐群山之巅，三清山因此得名。而在亿万年前，三清山曾是一片海，是地壳的不断变化和南方的天象地理，使三清山成了松石的画廊，云雾的故乡、鸟兽的乐园、林木的天堂。

而 1993 年的三清山朴素、天然、本色，不具雕饰，没有索道，没有便于游人参观铺设的水泥路。只有古老的石板栈道蜿蜒前行。有时候路断了，仿佛悬念。

种种这些正有利于诗歌的行旅。与山水亲近，与自然偎依，本身就是中国古代诗人的行为传统。陶渊明采菊南山下，开创了中国田园诗派，王维深山结庐，为古代山水诗派代表，李白漫游四方，其诗异彩纷呈，想象奇伟，成为千古圣才……1993 年 4 月的三清山无疑是属于诗的，攀援上山一路观看风景正有如我们驾轻就熟的诗歌写作。石板栈道正是我们构思诗歌时的情感线索，而一路美好的风光（诸如观音送子、老子读经、巨蟒出山、神女峰……）和四月的烂漫春色正是诗歌写作中的佳句，有着与诗歌同构的修辞学。那山间流淌的淙淙细流河和蔓生的修竹野花，正是灵感突来时的俯仰皆拾的美妙词句。而路旁铁链锈迹斑斑的石板栈道让我们短暂地迷失自身，我们有理由把自己想象成为行吟诗人、云游僧侣、玄衣道人或药师樵夫。我们被这些奇诡的想象和沿路的风光所鼓舞，向着山顶攀行。

诗人们投入山水怀抱，一路呼朋引类……他们天生就是大地之子，有着天然的与自然的亲属关系。而 1993 年的三清山，因为尚未开发，保留了大地瑰宝的原色原调。天气晴好，阳光明媚，一路的叶片有如新漆，诗人们无疑感觉受到了馈赠。而我愿意简单描述他们在登山时的不同行状：王燕生已过花甲之年，正好诗会上有做过他函授弟子的年轻女诗人，有美色搀扶，他一路上一会儿气宇轩昂，仿佛壮年男子，一会儿又夸大喘气声，明显看得出他是在向女诗人撒娇。另一步入花甲的是郭韦球，与他的壮阔的抒情诗歌写作不一样的是，他行走起来不声不响，仿佛一只胸有成竹的老猫。他说他心脏不好，可他一直走在队伍的前面。汪峰画过很多年国画，他有时会停下来对着一片红色的叶子喃喃自语，有时会从包里随手拿出笔和速写本写生——他厚厚的眼镜和厚厚的嘴唇，可表情里常常露出一丝孩子似的顽皮。邹静之穿着一条粗野肥大的牛仔裤，而爬起山来仿佛就像一头涌动的犀牛，或者是打劫的山匪。他一到山顶就买了啤酒喝开了。外表像个恶棍的殷红其实有非常慈悲的心肠，他在路上看到一个搁下担子躺在路边看起来中了暑的挑夫，立马慷慨地把自己手上的水送给他，并毫不犹豫地挑起不轻的挑夫的担子一步步攀登。当然，我也搭了把手……他们一路交谈，诗歌，无疑是最与风光契合的话题。

傍晚我们到了阳光海岸（或者西海岸？忘了），一群诗人立于高山之巅。隔着悬崖，我们眺望远方的山峰。那是让我们最为震撼的景致：在空荡荡的人绝对无法通往的峡谷中，突然升起了一群如削如凿的山。苍松点缀，晚霞如袍。一丝丝烟霞，徐徐飘散，若有若无。夕光打在山体上，有一种庄严的绝美。我们被这种美丽震撼得久久无声。没有人会怀疑，那里住着仙人。——无声是否就是诗歌最高的境界？有什么样的诗歌，可以发出这种远方的绝响？我们立于高山之巅，可我们的胸膛里，分明传出了亿万年前的海浪声。

……

当晚的情况这里也略作描述。晚饭后，我们在山清观旁边还没有通电的招待所聚会，谈诗。凌非讲了鬼故事，山风吹动白色蜡烛造成的摇曳动感加强了他的故事效果，有几位女诗人吓得脸上当场惨白，这使凌非非常得意。他和殷红甚至还有了短暂的争吵，谁也不服谁，而吵架的原因是诗歌的观点不合。最后被王燕生和邹静之劝和。程维一直一副严肃的表情，俨然掌握了世界秘密的大师。这个曾经在某个小县城守柜台的供销社职员，因为诗歌，赢得了无数诗歌爱好者的尊重。他用自己的才华和努力一步步攀爬诗歌的巅峰。他虽然比我们大不了多少，当时也就三十不到，可他出道早，我们视他为前辈。我和汪峰走到了一棵大松树下悄悄谈诗，汪峰告诉我一个愿望，他准备用两辈子写诗。如果这辈子写不好，他会让他的儿子继承他的工作。他说诗歌是一辈子的伟业，我对此表示了赞许。我记得风很大，吹得松树哗哗地响，天空高远，云朵轻逸……

哦，那是多么难以让人忘怀的一晚，多么可爱的一群人。一群骄傲的诗人在诗歌的年代登上了属于诗歌的圣山，谈诗论道，怀着满腹自诩的才华和对世界抒情的愿望……

三

而那美丽的年代已经一去不复返了，除了回忆，我们还剩下什么？当年的诗人已经作了鸟兽散。邹静之离开了《诗刊》，摇身一变成了中国第一编剧，他编剧拍摄的《康熙微服私访记》《五月槐花香》等成为全国热捧的电视剧。凌非后来写起了小说，他的官场长篇小说《天囚》据说是当年官场小说中的力作，一度还成为盗版书商觊觎的对象。现在，他在北京也搞起了电视连续剧编剧。有一次他回南昌，他已经胖得爬楼梯都喘气，与之相谈，他夸耀说自己在好几座城市都有房产。——那完全是生意场上成功人士的口吻。程维也写起了小说，他出版了长篇小说《戈乱——皇帝不在的秋天》。他扬言说他这一小说是专为中国电影导演争夺奥斯卡写的。我写起了散文。老诗人郭韦求要比当年更老——诗歌也同诗人一起变得更老么？殷红不知所终。有多少当年的优秀诗人，都从日益寥落的诗歌现场逃离，然后音信全无……

抒情的诗意的年代被叙事的、喋喋不休的年代所取代。一个精神的年代变成了一个物质的、口水的时代。

只有汪峰依然在写诗。他怀抱着当年的信仰，就像一个孤独的斗士。失去了掌声和同道，他的诗歌再也不像当年才气喷薄。他的风格一变再变，有时候竟然嘟嘟囔囔就像失语，从中可以看出他的挣扎。他曾说诗歌是解除锁链的工作，可我分明感到那套着他灵魂的锁链越缠越紧。哦，他是无辜的。当下的诗坛，纸版和网络的诗歌媒体上，到处是口水、性、下半身和垃圾。诗歌被赶下了神坛，变成了卫生巾、餐纸、痰盂和短裤头，成了许多人玩弄的妓女和自慰的工具……关于诗歌的丑闻一而再再而三的涌现，有人在朗诵会上脱光了衣服，有人在网上论斤卖自己的诗歌，有自称诗人的人公开发帖希望富婆包养……诗人，已成了丑闻制造者、疯子、下流胚……

一切都在变化、奔跑，让人目不暇接猝不及防。灵魂，似乎没有办法停下来，陷入短暂的思考和聆听，只能被推动着向前狂奔。精神的修炼也变成了体育的竞技。——三清山也远不是当年的那个本色的三清山了。它已经成了一座旅游的山，一座商品的山。缆车直接修到了山腰，山脚下到处是宾馆。为了方便观光，山上还修通了足够长的悬空的水泥路。当然还有其他的种种修饰。走在水泥路上，所有的风景都在眼前，似乎触手可及。——一座抒情的山变成了一座叙事的山。一座本色的山变成了一座雕饰的山。一座适宜让灵魂聆听和思考的山变成了游客在照相机里验证到此一游的山。变成这样的山有什么错吗？在这样的一个时代，想方设法增强品牌意识提高服务质量以增加旅游收入有什么错吗？当然没有错。你挑不出一点毛病。

2008年6月，我受三清山管委会的邀请再一次登上了三清山。这一次与我同行的是一群散文写手和小说家。——诗人，已不再是三清山的贵客。一座叙事的山在一个叙事的时代里肯定是把长于叙事的写作者引为同道，而写散文的我有幸忝列其中。相比1993年的三清山之行，我几乎不费吹灰之力就完成了东道主安排的旅行。我坐着缆车，然后走在悬空的水泥铺成的山路上。满目的松石如画，林木苍翠，云雾缭绕。三清山还是那么美，依然是响当当的江南第一仙峰。可我怎么啦？我为什么在如此美丽的风光里竟黯然神伤？我再也找不到1993年游三清山的感觉了。我当年看过的远远的夕光照亮仿若神灵的群峰在哪儿？我反复寻找，可我眼前的山再也无法与我记忆中的山的影像重叠。我不知道眼前的哪一群才是。它们离得太近了。因为近，也就没有了神秘，少了1993年的神韵。你看你看，那座原本在云雾中美丽惊人的神女峰仿佛是一个长相平庸打扮老气过时的

邻家妇女。那一群群如玉如削的山峰画廊已不再像诗，完全是小说和散文的细节和节奏。来看三清山的我也已不再是当年那个22岁的年轻诗人了。我的内心梦想越来越少，怨恨越来越多。我的脾气越来越大，而耐心越来越少。似乎有什么在催促着我，让我总是怀着莫名的迫不及待的心情。我似乎对什么都看不顺眼。为什么我要怀念1993年的三清山？我的怀念是不是出于一种不可理喻的执拗？我为什么对当年的那个抒情的崇尚精神的时代总是念念不忘？可我为什么又从一个抒情的人变成了一个叙事的人？是什么改变了我，同时被改变的还有一座山和更多的人？是什么让我放弃了反抗，不知不觉间与时代达成了和解？我放弃了信念是不是因为收到了劝降的玉帛？

山峦中，雾气一阵阵涌上来。雾啊，也许只有这雾，并没有发生改变，还是昨日的那团。那一团团依然保留了抒情气质的雾，那宛如三清山的遗民的雾，是否从它的旁边经过的一个37岁的沉默男子的身上，认出1993年的我来？

【作者简介】

江子，本名曾清生，江西吉水人，1971年生，中国作协会员，江西省作协驻会副主席，省评论家协会副主席。在《十月》《散文》《天涯》《大家》等报刊发表散文70多万字，《布老虎散文2006春之卷》等三十多个文学选本。著有散文集《在谶语中练习击球》《苍山如海》等。曾获第三届冰心散文奖优秀奖、第五届老舍散文奖等多个文学奖项。

王剑冰

三清山

由南昌一路东行，越过忽高忽低的丘陵地带，切入这片湖水是那么的迅猛而猝不及防，以致坐在我身后的邱华栋发出了一声惊叫：好蓝的水！

真的是好蓝，就像是覆了一层滤镜，幽蓝幽蓝的，没有任何的杂质。偶尔有一只船斜过，竟然产生了意想不到的效果，它划出了白白的水痕，像一支笔在作画。偌大的画布上，就一只小船，和小船后面燕尾样的长长的纹络。车子行驶了不知多少弯道，清幽的水就这样伴随着我们。湖的边岸开满了野菊花，黄黄地摇动着太阳。还有一种像芦花样的穗子，有说是荼，如火如荼的荼，在风中不停地摇，也真就是一团团白色的火苗。透过这火苗看那湖，湖就更显得幽蓝了。这都显出一种野性和纯然，少受外界的袭扰。让人想到喀纳斯，想到泸沽湖。

我后来知道了它的名字叫三清湖。它和三清山对应着，或者说互相映衬着，它是三清山的序幕，是三清山的“清”字的第一印象。在画面的远处，是一群群的白鹭，它们起起落落，像湖中飘起的雾岚。

三清山就是这样引我们进来，是想告诉我多少年前，这里就是这种状态，蓝色的海曾三次光临过这里，山上依然有西海岸这样让人发生联想的景点。当我盘旋于悬空栈道，又走过它的东海岸的时候，我又看到了海的奇观。

那是蒸腾起伏的云雾。浓浓的如波涛的云团翻涌着，一轮红日滚滚而出。让我想到，海也有镇痛，海的镇痛就是为着太阳的诞生。太阳诞生后，那片汹涌的海便悄然退去。

随着太阳一点点地艳红，我看到了一丛丛的奇妙的山峰，那是海的礁石。其中的一个从山腰处猛然跃起 128 米，那么逼迫地树在我的眼前。有人说是海龙王的定海神针，有说是眼镜蛇，有说是海蟒，我怎么看像一杵男根，雄雄地高扬在这块净地。

是的，这里确实是一块净地，在大海退去多少年都悄无声息，以致这里的一切都保持了原始的状态。

这种原始状态包括一对刚刚上岸的企鹅，它们张着娇憨的小翅膀，摇摆着，欢叫着。

还包括一群猴子，它们在尽情嬉戏，脚掌高举乱踢乱蹬，每一根脚趾都是一柱山。

后来出现了人类。他们自由地在山间生活，无拘无束。红艳的阳光下，一个少女不知道把衣饰抛向了哪里，她仰躺在一片开得正浓的杜鹃花丛，忘情地享受着大自然的美好。一对裸露的乳峰像杜鹃结出的美丽的果实，昂昂于天。甚至能清晰地看到樱桃一般的乳头。那是健美的果实，细白的石质，凸显了它的效果。

一切都处于早晨的静态之中。清新的气息扑面而来。我使劲地打开肺叶，让这清新完全地充满每一个空间。我就像嗜烟者吸烟一样，清气在胸腔旋转了无数圈又吐出，而后再吸。就有一股非常的感觉在涌动。这样反复几次后，我竟然感到有一种迷醉。我不胜美酒，甚至不能喝酽茶，没有想到这里的气息也会使我眩晕。

我不好言说，顺着山道一路摇摇晃晃走去，就又看到了无数的奇景。那些山，全是清一色的花岗岩，错错落落，起起伏伏。有的就叠压着那么一点，有的一层一层的全是断裂状，高高危危让人觉得一股风就能使它坠落下来。可它已然挺立了亿万年。三清山管委会主任沙鸥热情有加，不停地介绍，说这是地球板块作用的最典型特征。我不懂这些专业术语，我就看着好看，像各种各样的盆景摆在我的面前。又像谁把黄山切来一刀，把西岳华山拉来一块，把张家界竖起一角。反正我看过的山这里都有了。

还有那些树，比着看谁长得奇，找的地方好。有的在山尖尖上，有的在两石错落的石缝间，有的被巨石挤着被大树压着干脆就斜过身子向下长，长到尽性再翻上来。它们是这山的发髻，是这山的胸针、这山的披风。

有风吹来，山中出现了天籁一般的声音，或长啸，或低吟，或怒吼。

我闹不清是山还是树还是鸟还是仙发出的声音。

我看到一个美女坐在那里沉思迷想，就想过去，谁知近在咫尺，却有一道万丈深渊横在面前。我似乎看到了葛洪，这位仙人也找了个好地方。他衣袂飘飘地站在山头，不知在眺望着什么，不，他是在啸吟着什么，刚才的声音里就有他的经声。等我再想看清楚些的时候，一股青烟将他罩住了。

三清山，我弄不明白为何叫成这个名字，陪同我们的上饶市的春红部长说是因为玉京、玉虚、玉华三峰峻拔，如道教三清列坐，也因这里历代都是道家的修炼场所。我说我想的三清是清幽，清秀还有清高。怎么不清高呢，它这么长的时间都少有人接近，只把自己的奇美怀抱着、躲藏着。叶辛刚才还说，以前看名山大川的介绍，三清山只是寥寥数语，怎么猛然间成了世界自然遗产。春红就笑，她的笑里也有着矜持的成分。

转过一个山弯的时候，突然就有了一道彩虹架在两山之间。三清山多奇幻，走在这面山的时候艳阳朗照，过去那个山腰就微雨绵绵，要不就来一重雾岚，将一切包括登山的人浓浓地裹挟，让你云里雾里地产生如我一样的迷醉感。

三清山，这时又成了三不清的山，我们不清楚它有多高多大，有多少路多少景。沙鸥依然兴致勃勃，他恨不能领我们看够所有地方。

【作者简介】

王剑冰，1956年生，河北唐山人，作家，文艺评论家。河南省作家协会副主席，全国鲁迅文学奖二、三、四届评委。著有《日月贝》《在你的风景里》《苍茫》《有缘伴你》等。主编《中国散文排行榜》《百年百篇经典散文》《鲁迅文学奖散文获奖者丛书》等。

郑云云

又上三清

好多年前第一次上三清，是从玉山县的一条土路进山。站在县城之南的武安山巅北望三清，只见那云雾缭绕的天际，千峰竞秀，而三座奇峰突兀而起，直插云天，那正是三清山的玉京、玉虚、玉华三峰，主峰玉京峰海拔 1819.9 米，是怀玉山脉的最高峰，也是皖赣的天然屏障。

再次登临三清，已是三清山成功申报世界自然遗产之时。两天的时间，从南山索道上山，金沙索道下山，沿着深沟大谷，绝壁上的栈道从南到北，蜿蜒而行，已可深入三清腹地。

2008 年 7 月 8 日，世界级的专家们在地球的另一端肯定地说，中国三清山在高耸云霄之处展示了地球上最精致的花岗岩峰林地貌，演示了地球历史最重要阶段的原始变化。由于未被人类过多侵扰，它也成为地球上珍稀濒危物种的避难所。

此时再走在阳光海岸、西海岸栈道上，看石看松，赏云听涛，便又多了几分敬畏。想那晋朝葛洪道人在三清山结庐炼丹，不过 1600 多年的历史，以前觉得是多么久远的事情，如今与这座有着 10 亿年地球生命记录，从古南华海的沧桑变化中缓缓升起的名山相比，真不过是弹指一挥间了。而我们这些游人呢，也许还比不上崖边上的一棵杜鹃、一株山樱，几百年的雨雪风霜，都挡不住它们在春天里绽放云霞般美丽的花朵，更不用说漫山石崖上铮铮铁骨、千姿百态的古松了。我们的所谓阅世游山，在它们看来一定是浅薄天真得可笑可爱。一行人在山上走，一时被随风出没的云雾裹了，一时被没头没脑的大雨浇了，都禁不住欢天喜地大声嚷。待到阳光出

来，只见谷中白茫茫一片云海，在山风的推波助澜下，时而扑向险峰，时而跌入谷底，虎啸龙吟，又惊叹得说不出话来。其实，在饱览无数恢宏景观的险峰深壑面前，变幻变测的气象哪里又会比南华纪全球冰川事件更加惊心动魄呢？以三清山生长千年的奇珍异卉看来，云卷云舒，都是平常。

只是我辈已晚，如今只能抚石思古。蹲在三清宫被高山植被层层覆没的涵星池边，只听山蛙鸣声一片，想来同为血肉之躯，难免触景生情，因情生歌，更何况人为万物之灵。在三清山如棋盘格局的幽深峡谷中，东西南北奇峰号称八八六十四座，怪石 282 处，世界上已知花岗岩地貌中最密集、形态最多样的峰林，都被当地的农人们赋以人类的情感了。命名的象形峰既有仙灵圣众，亦有魑魅魍魉，大千世界的幽微深邃，都在这深山中显形，任游人们各自演绎出见仁见智的故事传奇。

在我的眼中，自然是一步一景，山川如画。恨不得立马借来三清灵气，让纸墨生出云雾。

上三清前，正在景德镇画几只天球瓶的瓷坯。俗话云“喝一口三清泉，白发变少年。”便想到倘若以三清泉调制青花，那瓷中也会增添很多灵气吧？总想着什么时候，能将三清绝色，在瓷上以青花大写意的形式表现出来，峰险林翠，云雾迷蒙，与青花该是十二分的合韵。只是心高才浅，一时却不敢涉及山水，只恐怕功力不够，亵渎了这么美丽的三清，只好先写下几句诗，或许将来能题在画上。诗云：

雾满三清水满溪，
泻玉桥边紫花艳；
仰头心惊峰如剑，
俯首命悬一线间。
只道江南颜如玉，
岂料突兀万仞山！
君不见秦皇兵马列阵来，
披盔带甲气吞天！
风横雨骤英雄会，
削铁如泥天壑险。
峰回路转岩崖边，

云海茫茫皆不见。
水生云，谷生风，
蛇藤吐信松盘龙；
巨蟒出山鬼神怨，
女神司春石成仙。
观音赏曲天门开，
老道拜月太极现。
道可道，非常道，
地老天荒火炼丹。
流霞散，岁月淡，
唯留造化千古禅。
君不见白云边上天梯悬，
撩开女萝是人间。

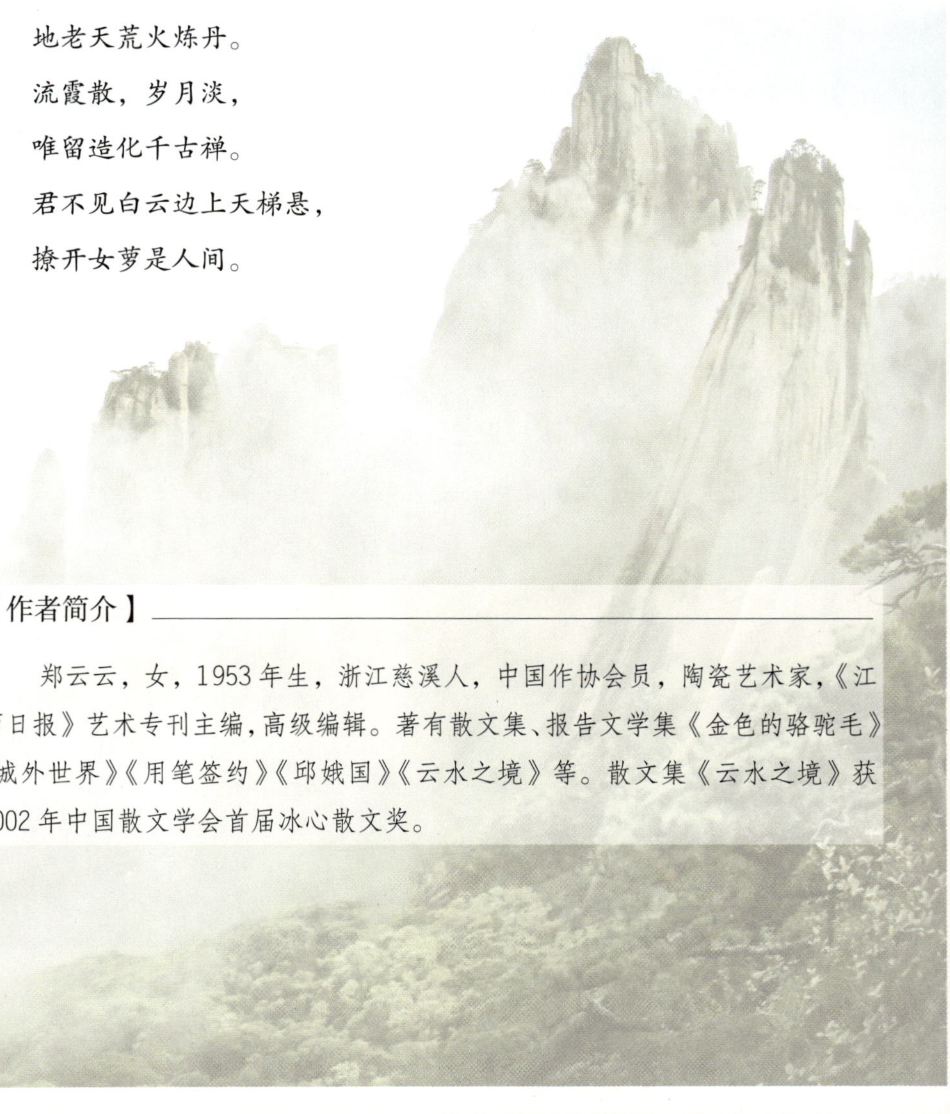

【作者简介】

郑云云，女，1953年生，浙江慈溪人，中国作协会员，陶瓷艺术家，《江西日报》艺术专刊主编，高级编辑。著有散文集、报告文学集《金色的骆驼毛》《城外世界》《用笔签约》《邱娥国》《云水之境》等。散文集《云水之境》获2002年中国散文学会首届冰心散文奖。

蒋元明

三清山何以名声姗姗来迟

几天前，江西上饶的三清山申报世界遗产成功。按说这也算不了什么惊天动地的事，因为黄山、武夷山、九寨沟、张家界等早已捷足先登。但是，仔细品味一番，却发现此山与众不同，让人一叹再叹。

一般说来，一处名山，主得益于它的外貌和内涵，也就是它的自然景观和人文景观。如果自然和人文又结合得很好，很和谐，相得益彰，那就更上一层，更该闻名遐迩了。可三清山这几条都占了，却身在深闺人晚识，全国有多少人知道三清山？去过三清山？这是为什么？

10亿年前，由于地壳运动，太平洋板块和华夏板块挤压抬升，海洋变山体，花岗岩冒出水面，直插云天，再经亿万年风化侵蚀、重力崩解作用，造成奇峰千仞、万谷幽深、松立云端、水挂前川、云海日出、晴雨转瞬，变幻无穷，如同展开的山水画长卷，美不胜收。美国国家公园基金会主席保罗先生惊叹说："三清山是世界上为数极少的精品之一，是全人类的瑰宝。"著名散文大家秦牧曾赞道:"云雾的家乡,松石的画廊。"当看到像"东

方女神”那样的来自天地造化的惟妙惟肖的山石巨雕凌空出世，我倒有一比：三清山更像一名身披轻纱的纯情美少女，令人眼亮惊叹：美哉，妙哉，奇哉！

1600 多年前，看破官场的东晋葛洪，云游四方，为三清山的自然山色所迷，遂结庐修道，炼丹著书，成为道教开山祖师爷之一。三清山至今还保留了 230 多处道教古建筑和文物，有宫、观、府、殿、亭、台坊、塔、池、泉、井，还有山门、华表、石像、石雕、石刻等，其内容之丰富、布局之合理、建造之精良、保存之完好，实为中国道教名山所罕见。

按常理，如此众多的古建筑群，在方圆不过 72 平方公里的核心景区，那得多拥挤！其实不然，“道法自然”，众多的古建筑全部掩隐在崇山峻岭、密林深处，不显山露水。道理很简单，一是这些建筑均小巧精致，非宏大的形象工程。比如最主要的建筑三清宫，占地只有 500 平方米，坐落在山坳里，好像绿色海洋的波谷里的小篷船，露出一点尖顶。分散各处的大量的像纠察府这样的独立建筑，更是小而又精，只有几个平方米，跟农村的土地庙差不多，不走到跟前你都发现不了。二是这些古建筑依山势、随地形而建，与山势融为一体。比如主要建筑之一的龙虎殿，门前的左青龙、右白虎，龙是雕刻在石壁上，高半米，长近三米；虎是一块自然的山石，高一米，长二米，猛一看，还以为是天然形成的。

追根溯源，三清山上的古建筑，非皇家、也非官家所建，而是王氏家族开创的。老王家的先祖在唐朝时退出官场，因爱三清山之美，携家退隐山下。有据可查，王氏从宋乾道六年（1170）始建三清宫，经一代一代的努力，家道兴旺时多建，衰落时少修，历经数朝，遂成规模。也就是说，三清道教建筑实为民间所为，俱有平民风格。著名考古专家罗哲文先生实地考察后认为，“武当山纯属皇家工程……而三清山则纯粹是属于并非豪门贵族的王姓家族集资修建”,“其价值却在于别具鲜明的个姓和民间建筑的特点,不能以高下论之。”斯言不谬。

远离尘嚣，没有宏大的形象工程，没有皇家祭拜，没有达官贵人光临，虽有山水之秀美，古建之精巧，却少人问津。有识之士偶尔阅山赏景，叹为观止，也只在民间流传，不为世人所重。这或许是三清山的不幸。但是，是金子总会发光的，是名山总会扬名的。而且早出名未必是件好事。不少名山申报世遗成功之后，就惨遭蹂躏，大开发大破坏，少女成了娼妇，让人家亮了“黄牌”。晚出名可以有前车之鉴，少走弯路，永葆亮丽青春。

所以罗哲文老先生一再告诫三清山人：“希望珍视它，在旅游开发时千万不要大兴土木于山上”，“千万保护好这一颗文物建筑与名山胜景的明珠，使之不愧祖先并传之后代”。

不光三清山，凡是名山胜景都当如此！

【作者简介】

蒋元明，1949年生，重庆人。《人民日报》文艺部副主任，高级编辑，作家。著有杂文、散文集《嫩姜集》《晨曦集》《人生小品》《黎明风景》，随笔集《人生的最佳选择》《青年与未来》《爱的三部曲》《说三国·话股市》，短篇小说《杨树林的早晨》等。

陈蔚文

邂逅一座雾翳中的山

或者应当先从怀玉说起。它是此行的一部分，它的名字太易让人萌生好感，怀玉，有如娴静端庄的姑娘，嫁在赣东北和浙江西部交接处。而实际，从地理学角度，怀玉却是一气概男儿，它被称“东南望镇”，东抱三清，西望鄱湖，北岭黄山，南接武夷，它山脚下的玉山县亦是“两江锁钥、八省通衢”——地方虽小，却又不容小觑的通天下的开阔。

搜怀玉资料，介绍上云，“它是华东地区浙赣铁路沿线海拔最高、气候最凉爽、容量最大的高山避暑胜地，是江南的‘世外桃源’、中国的‘普罗旺斯’”——可是，它为什么要成为中国的“普罗旺斯”呢？不久前去新疆喀纳斯，喀亦被称作“中国唯一瑞士风光之地”，其实每一处山水都有它的独特与尊严，无须倚赖其他名头更大的山水来“提携”，譬如怀玉就该是中国的怀玉，喀纳斯就是中国唯一的喀纳斯。

在怀玉很重要的一件事是拜谒方志敏，因为他，怀玉山不只是一座地理意义的山川。第二次国内革命，它曾是方志敏的赣东北革命根据地。一

个男人，一支队伍，一种信仰在此砥砺。脆弱的生命因为信仰可被塑造成坚韧，卑微因信仰可升华至高贵，唯信仰，无法达成那样一种澎湃襟怀。

在怀玉，重温方志敏与他清贫朴素的生活。这个原名远镇的男人自小俊秀，在村里被戏称为“正宫娘娘”，而在若干年后，这个走上革命道途的少年有了王的气魄风范。在弋阳县，他以“两条半枪”起家，发动数万农民于1928年初举行暴动。这个二十一岁以后便经常吐血的男子称作“伟男子”毫不为过，在这具咯血之躯里隐埋着熊熊大火，他在燃烧状态下度过三十六年生命。“我流血的地方，或在我瘗骨的地方……会长出一朵可爱的花来”，诚如他的坚信，走在怀玉，觉得山中每丛叶、每枝花都该是敬献给他的！

夜宿怀玉，连夜开会，快到会议地点仰头一望，广袤天空竟有许多发亮的星星。站下，仰望，那些星星也许只在这种山中夜晚才得以睹见。在都市，星星是珍稀物种，而这刻山中，夜色如墨，星星明澈，亮晶晶地布成一个方阵，据说这种排列中通常会有世间与命运的信息显兆，我不懂星宿，只觉头顶的这副天璀璨感人！我不想用钻石形容它，因为钻石已被全然物化，这样的夜，这样的天穹，星星只能用星星命名。

头晚和室友聊天至午夜，五点挣扎起身，去坐缆车——天还黑着，候车大厅竟已塞了一屋子人，可见三清山的客人丰沛到何种程度！

缆车自动运转，在站台停留的时间不过两分钟，一分钟下，一分钟上，我准确地把自己投掷进去，门合拢，开始三十八分钟的行程。缆车安静缓慢地上行，窗外朦胧，有如林海的钢琴曲一般弥散的雾翳——这构成我对三清山此行的全部印象。

湿冷雾翳从缆车门缝以及气孔钻进，人仿佛渐渐成为雾翳的一部分，静止在时空的某个点。这是一种特别的缆车经验，车速如此地慢，精确地按照调试的速度一寸寸前移，车窗两旁的风景如咔咔推移的黑白胶片，

缆车下方，涧流在树丛中哗哗穿行。那些平素在阳光下跳荡的葱茏绿色现在全蒙上欲说还休的铅灰，像一个开朗的人偶尔沉默，这沉默就格外满怀心事。

海拔渐高，寒意也在加深，说话间可看到呵出的白气。据说三清山缆车全长 2426 米，上下高差达 593 米，此刻不知行进到多少米，只是不停逾越着新的高度，一段之后，路经一个小站，也许是个调试或检测室，它修建在半空，旁边是山崖与树木，有一个男人，他站在那儿，看着缆车经过，或许再没有比他寂寞的职业了，除了孤岛上的灯塔看守人，封闭的缆车一辆辆从他身旁经过，他在纬度这么高的地方，除了山、雾和树，唯有他自己。

“在漫长的地质史中，三清山历经了多次地质构造运动，尤以大规模断裂褶和岩浆活动的印支燕山运动为最成熟，从而形成了三清山今日的奇伟景观”，从缆车下，步行，虽隔着细雨和雾，三清山的奇伟还是扑面而来，携带着一场强悍的地质运动中形成的力量。

因为天气，山中少了四处扬旗吹哨的团队，多是散客，有个男人吼歌前行，一把大嗓正适合这空旷山中，歌声被完全凸显出来，不是卡拉OK可比拟的效果，雾气笼罩，景点“巨蟒出山”亦模糊，辨不清巨蟒身腰，但仍觉气势逼人，巍巍似擎天之柱。

巨蟒缝下，栈道围了“巨蟒出山”半个圈，有六七百米，还有西海岸栈道，全场三千多米，全架在绝壁之上，这是条鬼斧神工的栈道！路面平坦，栈道紧贴崖壁而建，一边是陡峭山岩，一边是高蹈深谷，栈道所经之处，沿途邀松入景，盟石为友，竟没砍一棵树，动一块石，真令人称奇。

一路行去，白茫茫一片，发上沾付晶莹水雾，远处，群山绰约，峭壁耸峙，有人抱怨天公不作美，当时也觉有憾，回头想，这雨中山峦何尝不是另种道法自然？有人看到它兴致勃勃一面，而我们一睹它静思一刻——阴天，它捧着一盏刚沏的茶偏居一隅，自天而来的那一注沸水激起氤氲茶气。茶气布满幽壑山谷。

三清山本是道教文化重地——从晋代起，炼丹术士葛洪便与李尚书上三清山结庐炼丹、著书立说。至唐，道教更被朝廷奉为国教，道士穿行往返于大江南北，三清山的道教更随之兴盛，而这细雨迷离的天气正近似道法，“道可道，非常道，”世间没有事物可守恒，景因心生，我行进在细雨的三清山中，这就是这场旅行本身。

或许所有旅行的意义都是滞后而隐性的。华兹华斯说，“自然景物具有提示我们某些价值的能力，如橡树象征尊严，湖泊象征静谧，花朵象征温顺，自然景物能够含蓄地唤起我们的德性，”而山呢？用它的巨大体积教导我们用谦卑和善意尊重超越人类的事物。走在山里多渺小啊，但内心所膨胀衍生的烦欲可能比山还铺排，山又是多么雄奇！但它只是在那，单纯到宁静的默许。

不记得上下了多少台阶，机械的，这场雾翳中，我并没有“心骛八极，神游万仞”，我甚至记不清自己究竟路过了哪些景点，它们的排列顺序，坐标方位，我向来是个地理概念淡漠的糊涂旅行者，不过也许糊涂的好处在于，更便于集中唯一的当下感受。

群山间，无所思，专注于脚下石阶。据以往经验，接下来的几天，腿势必要疼痛，但奇怪，从三清山回来，一切安然，我愿意相信这里头有一种三清山对我的特别眷顾，它等我再看它云开雾散的另重风景。

【作者简介】

陈蔚文，女，南昌人，散文家，小说家，中国作家协会会员，江西省滕王阁文学院特聘作家。出版散文集《蓝》《见字如晤》等多部。作品见于《人民文学》《十月》《天涯》等刊，收录多个年度选本，获“全国精短散文小品大赛特等奖”、“2005年中国散文排行榜提名”、“谷雨文学奖”等。

傅　菲

美景对人的一种救赎

风景永远在路上。咣当咣当的火车，在原野间奔驰，在整个旅程中，我们获得飞翔的感觉。葱茏幽绿的春天有弯曲的河流暴涨，弧线优美的山梁在黄昏中隐没。是的，我们渴望远处的景致，我们渴望投入陌生的水泊孤峰，是因为我们对日常生活有厌倦，对自己内心有抱怨，对城市的隔膜有拒绝。

差不多每年我都会外出远游，但我有两种地方是不去的，一个是城市，中国的城市都千篇一律，尤其是90年代末期以来，城市建设进入可怕的复制模式，人工造景侵略眼球。另一个是名山，名山一般都是海拔千米以上，庙宇恢宏，道观磅礴，游人如蚁，看不到人，只看得到后脑勺。对于一个患有严重恐高症的人来说，高度是他最大的敌人。他没有办法消灭敌人，而最终被敌人所征服。因此，我登峰观景的经历是极其有限的。说来很可笑，三清山作为江南第一仙峰，又落在上饶境内，之前竟然没有上去过。

1990年初秋，上饶当地的文化部门组织本地的写作者上三清山采风，到了金沙（注：三清山下的东服务区），我看到巍峨的山梁，内心发怵，再也不敢上山。那时三清山正处于旅游开发初期，南部索道还在勘测中，旅游公路尚没修建，上饶至三清山至少要行车三小时，游客很少。似乎当时服务区里，还没有什么宾馆，只有几家内部招待所。1997年，我一个很好的朋友调入三清山风景区管委会工作，他多次邀请我上山，我都婉言谢绝。我的一些外地朋友来三清山游玩，我从不陪同，把客人安排好或送到山下，我就返程了。

是的，这是我对恐高症的妥协。对三清山奇松异石云海雪原的交口赞美，我已经听得双耳长出老茧。我甚至被人取笑："三清山都没有玩过，不能算是一个上饶人。"2007 年 10 月下旬，玉山县委政府举办"南方散文论坛"三清·怀玉笔会，我是组织者，也是负责人，国内散文名家二十多人齐聚在南山（注：三清山下的南服务区）。理应我是该第一个登山的，但我还是放弃了。凌晨四点，小雨大雾，伸手不见五指，溪涧湍急的水声如击鼓咚咚，客人们意气昂扬地冒雨出发，上山看日出去了。而我躺在床上，双眼惺忪，一幅孬种的熊样。

2015 年 6 月下旬，三清山管委会组织全国三十余位散文、小说名家，召开笔会，我作为参与者之一，不能再次缺席了。尤其是几位我邀请来的客人，不远千里而来，我若不陪同上山，简直有些"无耻"了。张鸿是我敬重的小大姐，我多次邀请她来，只有这次才成行；陈蔚文去年来过三清山，因雨雾迷蒙，没看到日出，很是懊悔，这次来几乎是我"诱骗"的结果，我说我一直关注天气预报，三清山不会雨，她犹犹豫豫地来了；田瑛是我委托张鸿请来的，我更没有理由"忽视"他；习习是甘肃兰州人，辗转而来，是笔客人中路途最远的一个；冉正万也是我几番邀请的客人，更不能懈怠了。

怀玉山山脉在江南，犹如盘天而聚的飞龙，吞云吐雾。三清山在山脉东中部，耸天而起，拨云见日。在金沙索道口，同行者问我："恐高症是什么感觉呀？"我说，感到心脏压力很大，要炸开一样，头晕目眩，四肢无力。坐上索道，我接到我表姐电话，她说她小孩工作的事情。我接完电话，索道已经停在索道站了。我说，索道怎么就到站了呢，我恐高症还没有反应呢。导游说，金沙索道上山才七分钟，你接的电话，转移了注意力。从索道站转过个半弧形的山坳，三清山东部的景色像一把扇子一样，豁然打开。山谷呈半边漏斗形，原始形态的树林蓬勃，墨绿墨绿的树叶遮蔽了整个视野，仿佛波涛暗涌的大海。

三清山容纳了东亚所能见到的多种生态系统，具有丰富的生物多样性。其中包括亚热带湿润常绿阔叶林，是东亚丰富的生态系统类型之一。三清山高等植物有2373种，动物种类中有67种哺乳类、226种鸟类、49种爬行类、23种两栖类、36种和1327种昆虫，在三清山均有记录。

三清山有属于东亚—北美洲际间断分布型的植物68属，华东黄杉群落和南方铁杉在三清山成呈世界上罕见的大面积分布，面积达533公顷，单一华东黄杉连片达160公顷，代表黄衫属和铁杉属群发育的历史记录。三清山还保存有银杏、南方红豆杉、长柄双花木等12中孑遗植物，是古生代至第四纪植物演化的见证，也是第四纪冰川时期的生物“避难所”。这些对研究植物物种的洲际间断分布和孑遗植物具有国际意义。

这是我在《三清山植物志》中查找到的文字资料。此时出现在我眼前的植物海洋，让人肃然起敬。三清山丰富的植物多样性，为野生动物的成长、繁衍提供了良好的条件，使三清山成为野生动物的乐园，在山上活跃的一千七百多种动物中，有国家珍稀动物云豹、黑麂、白颈长尾雉、黄腹角雉、中华秋沙鸭。我的老家在怀玉山西中部，离三清山只有二十公里，我小时候，经常看见邻村的人捕捉苏门羚和黑熊。我的舅公是个猎人，他说，苏门羚和黑熊都是从三清山跑过来觅食的。可惜，现在三清山由于游人日渐增多，失去了往日的宁静，体型庞大的野生动物（除了野猪）已经很难看到了，不免让人怅然。

壁立的花岗岩组成巍峨的群峰，在阳光下熠熠生辉。这都是一些象形的花岗岩“群雕”。象形石栩栩如生，世界上找不到与之相似的地貌形态。“东方女神”和“巨蟒出山”景观,被誉为世界自然奇观。在同一个区域里，拥有花岗岩峰林地貌的多样性、集中性、典型性以及保存的完整性，三清山完全可以称为一个世界花岗岩山岳峰林地貌的天然博物馆。美国圣路易斯大学 Tim Kusky 教授称 :“三清山呈现了一组令人震惊的自然美，她原始的景观与古老植物群完全结合，在整个西太平洋无与伦比。三清山花岗岩自然侵蚀过程、形态优美的古木森林和道教文化遗迹，独一无二地融合为一体，这些和奇特的花岗岩地貌都引人深思。”国际自然资源保护联盟（IUCN）专家 Pioty Migon 教授称 :“就花岗岩山体而言，世界上几乎没有能与三清山的雄伟、壮观、奇妙相媲美的。”而我觉得三清山是造物主送给人类的一顶瑰丽王冠。

中午时分，至“东方女神”，大片的云翳遮挡炎炎热日，细雨迷蒙。雾从山腰弥漫上来，乳白色，群峰侧悬浮在浓雾之上，给人奇幻梦境般的感觉。我问陈蔚文 :“你还后悔这次三清山之行？”陈蔚文说，感激你还来不及呢，去年底看到了雨中的风景，这次看到骄阳下全貌，现在是雾中

幻境。我说，三清山是一座让人看不厌的山，最美的季节是初夏时分的十里杜鹃花，红的，黄的，紫的，白的，锦缎一般铺满山谷。

一日有四季，山中藏天籁。窸窸窣窣的细雨声与树间的鸟叫，交织在一起。山在缥缈中生动起来——它们从冰川期飘移而来，带来气势磅礴的世界，带来变化万千的气象。它们已经不仅仅是花岗岩，也是地质变迁的坐标，更是大自然的博物馆。它们是时光的载体，是山水的精魂。田英主编说，因为身体的原因，已经很少爬山了。但三清山如此美，还是禁不住诱惑。是的，一方好山水，从来是不辜负人的。

早年听在山上工作的朋友说，三清山是道教名山，不仅仅体现在山上道教遗址上，还呈现在自然景观上。果不其然。东边日出西边雨，是常见的；早上炎炎烈日中午大雨滂沱，也是常见的;尤其是“东方女神”与“巨蟒出山”的对应，合乎道教的阴阳和谐。

我下栈道时，头一直昏眩，走路跌跌撞撞，几次差点摔倒。我贴着石壁扶下来，手臂磨破了几块皮。到了索道站，看见索道上的包厢像一只悬挂在空中的吊篮，我再次双腿发抖。坐上包厢，我用手巾把眼睛包住，引来同行友人的取笑。真是丢人现眼。

我很后悔早年错过欣赏三清山的机会，为自己的懦弱而羞愧，幸好，我还是“迫不得已”地造访了。这是好山好水的一种救赎。

【作者简介】

傅菲，1970 年出生于江西上饶县，中国作家协会会员，江西省第三届滕王阁文学院特聘作家。有大量诗歌散文见于《人民文学》《散文》《天涯》《诗刊》等刊物，有十余万字散文作品被《散文·海外版》《散文选刊》转载，入选三十余种散文选本。出版散文集《屋顶上的河流》《星空肖像》《南方的忧郁》等多部。

王开林

眼前有景道不得

世间的人，世间的事，世间的景，我们能够写得出的某些好处，往往都不是他们的真好处。有时，作者喋喋自快，哓哓费词，却纯属隔靴搔痒，连基本的要点都不曾把捉住。今夏，我游览了江西省上饶市境内的三清山，这种认识便愈加笃定。

“三清”无疑是道家的说法，原指“玉清”、“上清”、“太清”三大仙境，也指居于三清仙境的三位尊神，即玉清元始天尊、上清灵宝天尊、太清道德天尊。唐代诗人吕岩作《七言》诗，第四十八首有句：“津能充渴气充粮，家住三清玉帝乡。”三清山的得名，则是由于玉京、玉虚、玉华“三峰峻拔，如道教三清列坐其巅”。山上有三清观，乃条石垒成，屡毁屡修，香火绵延，长达千余年，至今仍具体而微之。此地清幽、清净、清虚之极，标榜“江南第一仙峰，天下无双福地”，应不算吹牛吹破皮。然而，道教的历史有多久？据说大禹和葛洪先后来过此地，一为治水，一为炼丹，二人距今才几何年月？相比三清山 10 亿斯年的寿命，他们都不过是朝菌和毫毛。与

大自然的胜景和胜境相比，与造物主的大手笔相较，人类的文化和行为终究只是小儿科，不值一提啊！

有人善意地引导我们去看那些象形的石柱、石峰、石林：这个是“企鹅献桃”，那个是“巨蟒出山”；这个是“东方女神”，那个是“观音赏曲”；这个是“猴王献宝”，那个是“玉女开怀”……不一而足。这样一来，不仅各人的想象受限，奇伟瑰怪非常之观也因此变得狭义而且单解，失去了深长广远的气韵。此山乃神工设计而出，鬼斧劈削而成，经10亿斯年数易其稿，才得这部雄文巨著。我们要真正读懂它，当不是一时半刻，更不是一瞄半瞥。

人与人之间，因为懂得，所以慈悲，所以欣悦，所以相忘于江湖。人与大自然之间，其实无须彼此懂得，无须彼此相知，只求和谐共处。我们来自滚滚红尘，心中积累了多少焦虑、浮躁、郁闷，至此可以全盘倒空，清心洗肺，明目醒脑，陶然忘机，万千烦恼丝丝绕，痛斩一刀无所疑。我在险绝的栈道上蠕行，在晃荡的索桥上试步，在陡峭的石级上攀登，在清凉的石凳上休整，举目所见，侧耳所闻，怪石峥嵘，苍松滴翠，空山人语，

深涧鸟鸣，云是青山的霓裳，雾是远峰的羽衣，飘飘然，翩翩然，欣欣然，不知身在何地，不知身在何世，不知身为何人。三清山的美妙之处，我心有所感，口不能言，于是赶紧用镜头摄下其娇形俊态，至于其毅魄雄魂，又有谁能逼近呢？更别说打包带走。

十九世纪法国音乐家圣桑曾留下名言：“音乐始于词尽之处。”面对一座包蕴万有的大山，我心中也只有隐隐约约的旋律，而没有词语，因为词库虽丰，掏摸出来，一个个词语竟是如此浅显，如此笨拙，如此不济用。这种情形，古人早就体验过了，“情动于中而形于言，言之不足故嗟叹之，嗟叹之不足故咏歌之，咏歌之不足，不知手之舞之，足之蹈之”，若非脚踏悬空之道，身临不测之渊，我和同行诸君或许真会手舞足蹈也说不定。

眼前有景道不得，这也许是因为我太笨，倘若谁游览了三清山——这座已成功申报世界自然遗产的名山，居然能跟我说出个子丑寅卯和甲乙丙丁，我肯定佩服他的清醒和明晰！

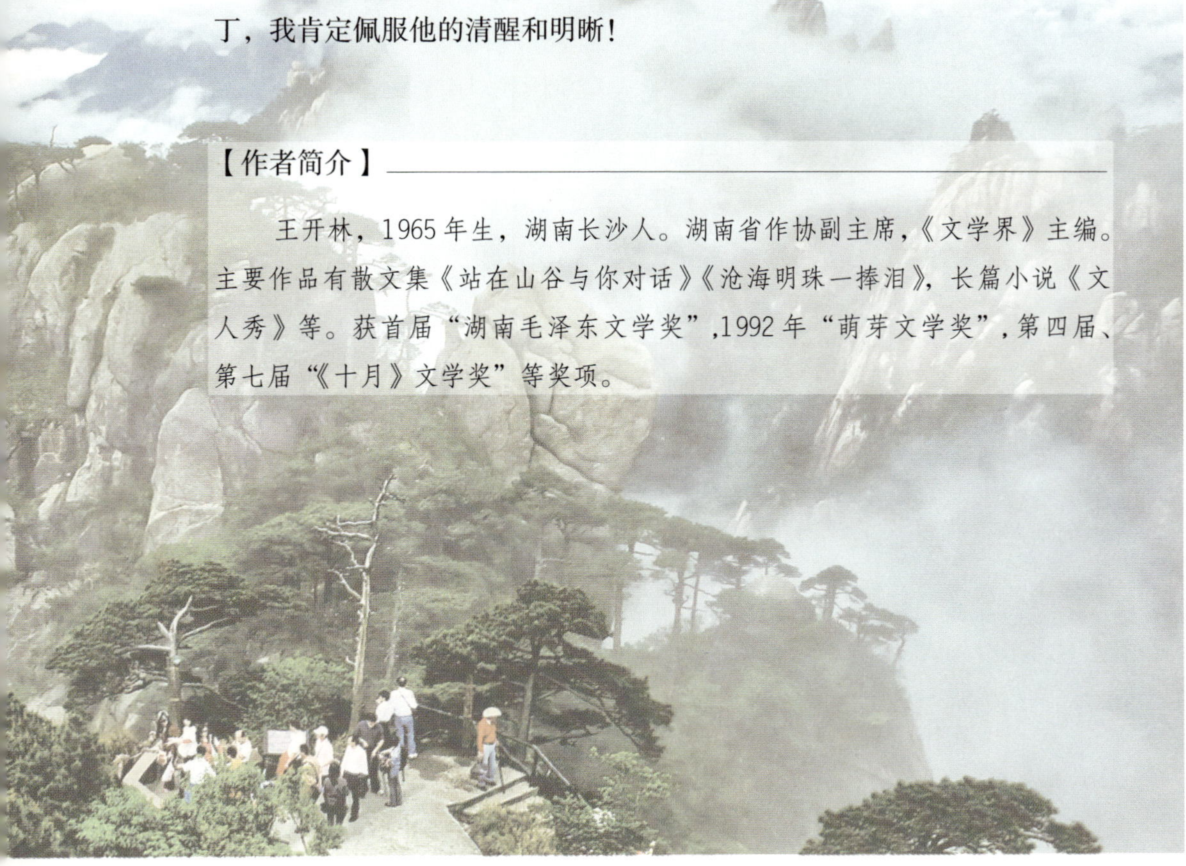

【作者简介】

王开林，1965 年生，湖南长沙人。湖南省作协副主席，《文学界》主编。主要作品有散文集《站在山谷与你对话》《沧海明珠一捧泪》，长篇小说《文人秀》等。获首届“湖南毛泽东文学奖”,1992 年“萌芽文学奖”，第四届、第七届“《十月》文学奖”等奖项。

习 习

江南仙家三清山

对于一个几十年生活在黄土高原的人来说，“江南”是个水水的、绿绿的词。有着秀丽、温润、明净的质地，有小桥流水的婉约，有杏花春雨的粉艳。每到江南，心底便生出缱绻之情，悠长绵腻，一直牵惹到相距遥远的北方，柔软了黄土地上一团小小的时空。

窗外挂着一牙儿新月，我在很多个静夜里怀想起那座神话一样的山。想起在山谷居住的两夜，正是农历月末。月亮歇息去了，一颗颗萤火虫无声地打着小灯笼，在山中飘来飘去，竟有一颗落在掌心，一小粒洁净的光，映着掌边一朵绽开的玉兰。

那座山，时时处处叫人称奇。这并非单单因我对南方的孤陋寡闻，一个人对一处地方的领悟除了好奇还需要岁月。去年 8 月，我去了江南另一座名山。20 前，我福建的好友寄了我一摞这座山的彩色明信片。云雾缭绕千姿万态的山被我遐想了 20 多年。当我亲历那里，我发觉那是摆在江南的一个小盆景，太过于精巧温婉，以至于没了我所认为的山最该有的峥嵘的本质。水呢？平静唯美得遮盖了它该有的生机。——小小的盆景，一切尽在眼底，风景里没了幽秘。

三清山的迥异，在于它的跌宕起伏，它的激烈，还有激烈之后的宁静。我钟情于北方的山水，正因了富有元气的大起大落。而如果这样的跌宕又被江南的水汽绿意晕染，该有了何等的诗情画意？所以，我总在想，国画里的山水泼墨，洇湿在柔软宣纸上的大片水墨就该因缘于南方。这样想来，不是画的国画呢，三清山到处都是。深壑里异峰铺排，层层叠叠，遍处奇

松乱花点缀，而泼洒其上的云雾是大手笔，汪洋恣肆，大开大合，让三清山仙气缭绕、瞬息万变。

怀想也一样神奇。10亿年前地壳的挤压撕扯，后来的风雨剥蚀，造就了这神奇的仙山，而地壳运动成就出的这个温和的小港湾，收留了诸多冰河期无家可归的动植物，稀有的生命在这里繁衍生息——这是三清山的另一种厚重。走在山腰狭长的栈道上，有人说，栈道的高度正是先前的海平面。依旧是海，云海。云蒸霞蔚，气象万千。那日，正在栈道上走着看着，雾说来就汹涌地来了。俯仰山谷，深不见底。仙人驾雾而来，怎敢发出惊叹？别叫尘世的声音打扰了他们。

有人指了三片叶子的藤叶给我看，说下面结着葛根。记着喝过三清山的葛根饮料，清凉淡雅。未曾想葛根原是和1600多年前的仙人葛洪有关。葛洪发现了这个仙药，人们就叫它葛根了。葛洪有道家大著《抱朴子》。我先时颇喜欢“抱朴子”三个字，素朴清心。与佛家相比，道家在我的眼中更像腾云驾雾的仙，样子清癯安宁，心里藏满温静，精神里游刃有余四通八达。仙人抱朴子怎么选了三清山来修炼长生不老之药？原来，他初来三清山，远近观览一遍，便感慨道：“清绝尘嚣天下无双福地，高凌云汉江南第一仙峰”。“峰”大约说的是三清山最高峰玉京峰。妙绝的是玉京加上玉虚、玉华三主峰正酷似道教鼻祖玉清、上清、太清比肩而立。

这样的天下无双福地自然会有很多古人的足迹。熟读过的《核舟记》里，那个小小的满是皱褶的核桃刻的小舟上，悠闲泛舟的苏轼、佛印，都曾到过这里。还有遗世独立的八大山人也垂青此地，他在这里作画了吗？八大山人作画，留着清白叫人想，宣纸上，摘一片三清山的云，挪一块怪石足够，或者还画上去池塘里几声奇绝的蛙鸣——就一只蛙，鼓鼓的大脖子一收一缩，满山谷都是它的声音了。蛙鸣水静，水上云卷云舒。出得山门，山门上书："众妙之门，玄之又玄。""玄"有空廓无边的大意念，三清山更多的只可意会的神韵因此而难以言传吗？

那日在无双福地流连忘返，天色渐晚，"门到黄昏云自封"，自然和人如此心领神会。在山谷入眠，觉得自己也仙人一般。天色未亮，满山轰轰烈裂的蝉鸣催我起床，第一眼，依旧浓绿袭来。这一日，雾散了，蓝天白云。

【作者简介】

习习，女，甘肃兰州人，中国作协会员，文学编辑。作品刊发于《人民文学》《散文》《散文海外版》《美文》等。著有散文集《浮现》（入选"21世纪文学之星"丛书）、《表达》，纪实作品《讲述：她们》等。

徐怀谦

仙风道骨三清山

人们常常会用一个字来概括一座山的特色，比如，黄山：雄；峨眉山：秀；青城山：幽；华山：险……都很贴切、传神。说到江西名山三清山，只合用一个“仙”字来形容。

仙在何处？仙在那飘逸的雾，那幻化的云海，那惟妙惟肖的奇峰异石，那超凡脱俗的花草树木。

上山那天，正赶上大雾弥漫。看眼前的缆车在浓雾里穿来穿去，就如同仙界里出没的神兽。在日上山庄下榻的时候，雾气紧跟着游客在楼道里

逛来逛去，使得五米之外人的脸都看不清楚，一个个都变成了凌波仙子或世外高人。

雾失楼台，雾失大山，雾把许多许多的美景都失了。碰到一个下山的小女孩，问她看到了什么景？她没好气地说：什么都没看到，来三清山就是爬楼梯了。我安慰她说：别生气，虽然都是爬楼梯，可是在城里爬楼梯时，能呼吸到三清山这样洁净的空气吗？女孩没说什么，她还不太懂得失之辨，也不懂人生旅途上原是要领略诸多况味的。

这不，刚上到少女开怀的景点，陪同游览的朋友说，今天我们运气不好，怕是看不到少女的真面目了。我说，别急，等一下，风一来，就会云开雾散的。果然，几分钟后，一阵风过，大团大团的雾被扯开，状如两粒少女乳峰的山头便袒露在我们眼前，那么清晰，那么逼真，只几秒钟，又一团雾掩过来，就像含羞的少女扯过一袭轻纱，把什么都遮住了。

这就是雾的妙处。在大太阳底下，一切看得太真、太实，反而会少许多味道。那年我去张家界，就赶上一个大晴天，白花花的阳光一晒，所有的山都毫无层次，韵味全无。所以，爬三清山，遇上大雾，我的内心并不失望，反有些窃喜，我隐约觉得会有更奇的风景等在前面。

这时，雨又来了，不是很大，但妨碍了我们拍照。本指望雨会淋掉一些雾气，没承想这雾气越来越浓，每到一个景点，放眼一望，只有白茫茫一片。走在山路上，前面游客的面目和腿脚都看不真切，只见五颜六色的伞或雨披在雾中越远越淡，如在画中游。

雾虽浓，却没有掩住三清山的标志性景点——东方女神、巨蟒出山那迷人的身姿。一个像温柔贤惠的东方美女端坐在那里，向人间播撒着无限的爱意；一个像刚刚挣脱羁绊的巨蟒昂然挺立，欲刺破青天而去。一个阴柔，一个阳刚，所谓“一阴一阳谓之道”、“道法自然”，不正是最本原、最纯真的人间情愫吗？

当我们来到西海岸的时候，雨停了，太阳只在云层中露了一下它惨白的面孔，就又躲了起来。站到这里，我终于懂得了一座山何以会与海发生联系——那不是真正的海，是云海。这云海，一样的浩渺无边，一样的会有狂风巨浪！眼前就有一条巨龙正缓缓地自西而东游动，吞没了山头，填满了山谷，又向一座更高的山峰咆哮而去。山邀着雾，雾缠着山，氤氲成一幅泼墨山水画，那浓墨处是山，那空白处是雾，或浓或淡，变幻无穷，向游人炫耀着它卓异的构图功夫。

这云海，分明是龙王吐出的仙气啊？

赏识完仙风，该说说道骨了。严格地说，仙风道骨是一体的，我只是为了叙述的方便，略作区别。所谓道骨，指的是三清山的石和松，三清山的石被称为西太平洋边缘最美丽的花岗岩，它体大、坚硬，而且形状奇特。有像一个小孩背着几棵松树的神童负松石，有像一个老道跪拜明月的老道拜月石，有像一对男女相拥在一起的和合石，还有金龟石、万笏参天、观音送子、海狮吞月、姜太公钓鱼……听到这名字，你的脑中就会浮现出一幅幅奇异的图案。这些图案也是要在雾天或月夜来玩赏才更有味道的。我们有幸，下榻的当晚就坐拥皓月当空的迷人夜色。我走到房间外面的露台上，看夜色把一个个山头勾勒出清晰的轮廓，那些轮廓不再是石，有的像一个坐忘的老道，在那里静默着、思索着；有点像几个老道聚会，

正为什么问题在激烈地争辩着……虽然看不清他们的眉眼，却可以看到逼真的道冠、舒展的道袍甚至飘逸的长须，线条硬朗，骨架俊逸，有道家风骨。尤其值得一提的是，作为道教名山，三清山的宫观道玄，如三清宫、龙虎殿等均为石质建筑，古朴野趣，而没有采伐触手可及的树木作建材，体现了道家人与自然和谐的理念。

至于三清山的松，或从一块花岗岩上横空出世，或立在山峰之巅迎风斗雨，或光秃了身子，只剩几根虬干还在奋力挣扎；有相依相爱的夫妻树，有同根两杈的兄弟松，都同样是铁骨铮铮，让人想起“壁立千仞，无欲则刚”的名言。

接下来，你会问，那为什么叫三清山呢？其实它原叫少华山，因为这里的玉京、玉虚、玉华三座山峰高耸入云，宛如道教的玉清、上清、太清三个最高境界，后人把它改名叫三清山。这三种境界到底是怎样的境界呢？我想起三清宫的一副对联：“入门求道悟真道，玄之又玄；登殿步虚升太虚，上之无上。”大约说的就是这样的境界吧！其实，体悟三清境界最简单的方法是不必苦悟，只需践行，就是亲身来到三清山，看看庭前花开花落，望望天空云卷云舒，再听听婉转的鸟鸣、叮咚的泉声，保准你当晚志定神凝，悠然入梦。至于下山后，这种仙气在你身上能存多久，那就要看个人的造化了。

三清山，江南第一仙山，叫我今生长相忆！

【作者简介】

徐怀谦（1968—2012），杂文家，作品曾获“鲁迅杯”杂文征文大赛二等奖。出版《智慧的星空——与思想者对话录》《拍案不再惊奇》《生命深处的文字》《静默是一种深刻的语言》《京城四大名医》等作品。生前任《人民日报》副刊“大地”版主编。

曹建平

南方象征

从三清山——位于亚欧大陆东南部、西太平洋边缘——这片由东南向西北倾斜的花岗岩群山中，我读到的，是关于中国南方的象征。

它美丽的外表，是如此灵秀、神奇。由于造山运动的巨伟之手，加上长期风化侵蚀和重力崩解作用，形成了眼前异峰千仞、幽谷万丈的山岳奇观。它那无法穷尽、参差起伏的象形山峰，神工鬼斧，百态千姿，一直延伸到梦幻深处，人类有史以来的所有想象，似乎都能够在此地落到实处。不光是神奇山峰，这里还是造化眷顾的植物王国。从专家的说明文字中可以得知，三清山岩基裂隙多，透水性强，含水量大，天降雨水渗入裂隙。蓄为潜水，为滋润全山植被提供了十分优良的自然条件。由此，这片奇如梦境的山岳世界，竟然囊括了中国中亚热带所有的植被类型。异木有南方

铁杉、华东黄衫、三清松、福建柏、香果树、木莲、古银杏、金桂、璎珞柏、猕猴桃树、红花油茶，等等。名花有天女花、杜鹃花、木海棠、瑞香、红茶花、玉兰、含笑、萱草、蕙兰、水晶兰、黄精、百合、六月雪、扁枝越橘、野牡丹，等等。在攀登的过程中，漫山遍谷植物清激的呼吸，洗涤着人蒙尘的心扉。同行者的头，不小心就碰到了一根凌越于山道半空的树枝，一问，这原来是一颗有着一千五百年树龄的野杜鹃！当地朋友介绍，山中到处都是几百年、上千年的野杜鹃林，每逢春天杜鹃花开时，先是粉红，然后变紫，最后转白，如赤霞燃云，让山中人觉得不在人间。

奇峰，异木，名花，三清山是美丽的。但就个人而言，我更为看重的，是此种美丽的内质。支撑三清山出众之美的，竟然是亿万年凝成的花岗岩大地！人间的时光无法撼动的岩石大地上，美丽活泼生成。所以，三清山的美，是自足的，更是根基深厚的，它一派天然，远离并且拒绝了俗世习见的轻浮、艳饰与骄矜。对于这样的美，我的内心，有默默地肃然。

——美丽灵秀又坚固深邃，这就是南方，就是通过三清山呈现的、我所崇敬的南方品格。

【作者简介】

曹建平，笔名黑陶，1968年生，江苏宜兴人，无锡市作协主席。出版散文集《泥与焰》《绿昼》《漆蓝书简：书写被遮蔽的江南》《夜晚灼烫》《一把酸枣》等。

沈　念

山道弯弯

三清山的泉歌淹没了秋虫的私喁。之前，三清山在我脑海中是一座有着源远流长的道教文化之山。山之“道”有多深，是否可以用时间或者空间的概念来回答，我没有听到一个人的声音。

次日凌晨，我们一群漫游者登山了。雾比人起的更早，我就是踩着雾的脚后跟开始登山的。雾越来越浓，好些次我想透过云雾的迷茫深处，寻找那道金色光源，而又满怀新奇地感受着云上的时光。

登山路上，泉歌打着舒缓有致的节奏在那弯弯的山道上时隐时现。在听不到泉歌的寂寞片刻，在看不到熟悉的同伴时，体力透支所生出来的汗水湿了衣背，在心头也升起一层水雾，这雾就像三清山的雾迷蒙了眼睛，将天气和时间的变化锁定在一种状态。看不清山底，看不清远方，只看到一条在脚下延伸的山道。

这条山道看上去遥遥无期，极易让人丧失方向感，但唯一的道路没有岔道，你只有走下去，不需要细想。这时候，不敢停歇的我有种强烈的感觉，不知道离前方的终点有多远，是弯弯的山道带着我的脚步行走。这片

最为开阔的景区集中了三清山的诸多有名风景，它是一个极富诗意化的名字——西海岸。三清山三次被海水淹没，西海岸就是当年的海岸线。每个到西海岸的人都投掷了太多深情的目光，而我只是昙花一现地看到日出东方、峰峦秀丽，之后，那些著名的景点全都跑进了梦乡。由雾制造的梦乡让三清山沉入一片静谧之中。雾一团团地滚过来，拐一个山坳，抛开一张雾网，风不时吹散它们，又把它们召集过来，像一个孩子王发号施令。因为雾，三清山留给我的印象就是一个巨大的雾团，也是一个巨大的谜团。

西海岸那条约四公里、又高又长的栈道只是蜿蜒山道的一支插曲。许多游客都是马不停蹄地朝前走，来不及细看，也根本看不到什么。只有变幻的雾，任你想象的世界。我像是在这个世界里对一切充满好奇的漫游者，有时我的脚步会混在引吭高歌的快乐人群中，一会儿又在某个拐弯处陷入一个人的寂静里。那种静，你听得到自己的心跳。不知道其他的漫游者是否同我一样，在许多的片刻里，心全乱了。幸好，慕名而来三清山的人实在太多，不会给你太多独处的时间，一茬一茬的男女老少从身后赶上来，向前走去。

有多少年，又有多少人在这弯弯曲曲的山道上向前走过呢？在久远的年代，这里是一片汪洋大海，一座宁静的湖泊，还是一块不毛之地？数亿年地壳运动所带来的地质演化和风化侵蚀，将举世无双的花岗岩峰林地貌留给了三清山。我抚摸着所经之处那些突兀的石头，凝视那些残留着岁月痕迹的石缝，沧桑变幻写在了三清山的每块石头和植物的根部，并跟着时间一起生长、衰老。

走出西海岸之后，我没有回头去看走过的路，即使回头，我也只能看到一道消失在山崖深处的影子。穿行在山道上随处可见的杜鹃树间，除了我们这群漫游者，还有一些属于三清山的人们在眼球映现。首先让我看到的是他们落在每一级石阶的脚印，沾着泥水和雾气的脚印，重叠在外来者的身影里。我听到有人议论，他们指着走过去的一个个背影，这山里有不少挑山工，其实是道观里的道士。我停下来观望，那些不甚宽厚的背影像已经很累了。一个挑着磨出细花纹饰的大理石柱，另一个挑着一丛包着泥土的竹子，他们不时用袖背擦擦额头的汗水，边擦边往上看，脸上露出的却是一种幸福的笑。这群挑山工，不时地跳跃在山道上，在我们的视野里不管他们的具体身份是什么，至少他们和整座山非常和谐地融在一起。在我神思恍惚的瞬间，背影消失了。而一个顶皇冠、戴玄巾、服青袍的人，踽踽行来。仿佛是从时间那头的某个节点走来，与我们擦肩而过。

三清山吸引众多漫游者深情的注视与他有关。一千六百多年前，这个人像我们一样在朝这座山的纵深处前进时，是否走的是同一条山道？这是一个让我们的目光追随的问题。

他的名字叫葛洪，在许多人眼中，他只是一个潜心求道的人。

东晋升平年间，这个炼丹术士葛洪是到三清山来结庐炼丹，宣扬道教教义的。他两袖清风，旅途的疲惫挂在脸上的皱纹里，心中却装满神奇的力量。他走走停停，但显得十分的从容。在有记载的四年时间里，他是否在三清山的每个角落留下清癯的身影，不得而知，然而今天山上留下了他所掘的丹井和炼丹炉的遗迹，在抚摸这些物是人非，岁月的蚀痕斑驳可见的实物时，仿佛让人有穿越时空之感。尤其是那口丹井，终年不涸，泉水甘洌，我们投下的目光看到的只是一个人的身影。因为葛洪，三清山道教的第一位传播者，今天我们在三清山见到的多处道教宫、殿、塔、亭、台、坊、桥以及山门、华表、石像、石雕、石刻等古代建筑，随处可见的摩崖石刻，多以道教之语命名，集中了历代对道教文化的渗透和弘扬的遗迹，他，是一个开端。于是，三清山有了“露天道教博物馆”的别称；于是，这弯弯的山道上，承载着另一层意义上的“道”，缘于当年他朝三清山的一次别有用心的开掘，赋予三清山深邃的精神气质。

他在这里留下了身体和精神漫游后的痕迹，他让一座山得“道”了。

谁都把葛洪看成了一位道士，但谁都不能简单地只是把葛洪看作一个普通的传“道”士。对于这位鼎鼎有名的科学家，“炼丹采药，隐隐求仙”只是一侧面的描写。在葛洪潜心炼丹之前，也曾带兵平息石冰之乱，封“关内侯”。他辞官不做，拜葛玄弟子郑隐为师，炼丹学道，到广东后又拜精于医药和炼丹术的南海太守鲍靓为师。后遍游名山大川，遇产药石之地，便定居下来。他乐于拜遇见的一切有知识的人做老师。

“不学而求知，犹愿鱼而无网焉，心虽勤而无获矣。”这是葛洪在治学上的一句名言。他所潜心求循的“道”，他那五百三十余卷著作散佚之后剩下有据可查的《抱朴子》和《肘后备急方》，就是思想在民间经验的大交汇中产生的。于是，不管“道”在葛洪身后发生着怎样的变化，在他心里，“道”之初被赋予的是更开放更包容的意义。

从山脚下开始一步一个脚印地往上走。往上走，是一条怎样的路？这是纠缠在一千六百多年那个叫葛洪的道士内心的问题。何谓有道？何谓无道？也许，没有任何人能做出准确的回答，但三清山险奇绝秀的风景给了他和每一位后来者一个意义深远的答案。从三清山那“云上的日子”回到一坦无垠的现实平原，在每个漫游者的人生经纬线上，留下的是一个凹凸有致的精神坐标。

【作者简介】

沈念，1979年生，现居湖南岳阳，2007年加入中国作家协会。作品入选《旗——2005中国青春文学风云榜》《新散文十五家》《布老虎散文》《新散文百人百篇》等20余种选本。《时间里的事物》(2008年卷散文集)入选21世纪文学之星丛书。曾获《莽原》“新作家”奖及省级报刊奖。

宋唯唯

人间有游是清欢

三清山是一个梦。是白雾白云的仙境，云海中可见古松，红叶，树影婆娑。奇峰突峭，自无限的虚空中耸然而出。幻化的云海一如俗世之外，时空的留白，是务虚者的大写意。三清山，即便不曾来到，即便已经离开。它于我，依然是梦境，是仙风道骨的奇藏，白云之上的仙境。

很久很久了，在我的心灵间，有意识无意识地迷恋道。这神秘、清绝地行于天地乾坤间的修炼宗派，一群衣袍飘飘，行踪不定的修行者，他们在我的心里，自由自在 ，无牵无挂，超脱了尘世的时间场，生死的羁缚。淡定神秘的笑容间，窥破了宇宙中关于山川，雷电，风雨，阴阳，宿命，祸福的秘密。

上三清山的旅途，先是坐缆车，平地而起，徐徐上升，穿过云海。常常可见玻璃前窗，陡峭的巨石，气势恢宏地迎面扑来。回首再看，已经隐匿云海。心想着那些怪石绝壁之后,是否会有苦行者在山洞中辟谷修行呢?

下了缆车，山峰依然在云端，人埋了头，老实爬山，一步一步，量过一级一级的石阶，像小蚂蚁爬过大树叶，一点一点地移动，回过头来，也会看见脚下，峰峦叠嶂，渐成一览众山小的风景。这是极其辛苦的旅途，如我这样体质虚弱，长期穴居室内生活的人，攀登时自然成了弱者。落下的后遗症是回到深圳多少天之后，看见台阶还会油然地双腿打抖，条件反射地生理性恐惧。

起初的累，是脚疼，渐渐地，高山反应导致的头痛、胸闷、无法呼吸的窒息感，令我蹒跚踟蹰，山道上的石阶、长椅，但凡坐下去，我便不打算再站起来。一路上，那种因为虚弱无力，所生出的自怨自怜的情绪，酝酿起来，简直要起身世之叹的。常常有冲动，干脆躲到树林里，坐下来，蹬脚踹足、泪奔泪流地大哭一场，号啕尽半世郁结。

然而，有那么一段惬意的路程，在高山上的西海岸栈道，陡峭的绝壁上，拦腰的栈道，硬木、长石铺就。栏杆外是万丈的云海，仙峰若隐若现，自不知处起，刺破云海，耸向天穹。没有风，却感觉云雾滔滔地翻滚、聚合，不停地幻化。唯有面向那样辽阔的云海，你才得在刹那间领略“白茫”那个词的洁白，浩渺，苍茫。犹如风、水、玄思，呈现着流淌、蔓延的姿态，没有止境和边界，那种虚无的大美，犹如光阴的无言，留白……

三清山的风物，云海之外，我最依恋的，是葛洪炼丹的三清宫，侧殿上的一排石像。岩石让雾侵蚀，变得斑驳，呈风化的洁白，那里头，沤了多少岁月啊。石雕的神像，褉貌，宽袍，束手，脸上的神情。肃静，内敛，合目冥思。那神情是远古以前的人们，亦亲切一如山下村庄的父老。山中大雾弥漫，他们在此地千年。我来朝拜一面，那石像上那古人，温柔的神

情，仿佛是无限的时光里，一个宿命的符号。仿佛我前生来过一遍，来世还将再来。亲切得令我哽咽。

光线昏暗的殿堂里，有葛洪的神像，香炉里燃着香火。道士坐在供桌后，为香客们测字，卜卦。他的手揣在袖子里，徐徐地向人解说卦文。出门小心车舟，人群中切记收敛言行，云云。他头挽发髻，长袍布履，是家常的、烟火气的，看起来像山下的父老，说着人生于世应当怀有的审慎。雾气从殿门外一缕缕地飘进来，和香炉里的香缭绕在一起。从殿里的香火人声中，抽身一步，跨步门槛，眼前，豁然是滔滔的雾海，不那么稠重，朦胧里看得见前方的叠叠峰峦，千树万树的秋色。山门前的石间有静静的一泓清泉。清澈的水面倒映出天和山的一角。是万丈虚空之前，人间的印证。是幻化和静流。

我伸出手，浸到水里，动一动指头，水面泛起一阵轻微的涟漪。走过那么远那么远的路。淌过那么长的岁月，我来到这里。人的一生，要走的路那么多，也许这一回来过，一生之中没有机缘再来，而山在这里，千年万年，亘古不变的。期待这一刻，渺小若我，苍茫如山，是不是，彼此之间也会有这一瞬的永恒和铭记呢?

亦是三清山的夜晚，山中的旅社。疲乏得如同大山上滚下来的土豆一样的旅人，经过热水洗濯，温暖的房子，橙色灯火，面对着木头餐桌上的香辣赣菜，心怀赤诚。身体清洁，肚腹饱暖，务实的尘世换回务虚者神游八荒的灵魂。深夜，我在床头读白居易。有一首诗《山下留别佛光和尚》:

劳师送我下山行，
此别何人识此情。
我已七旬师九十，
当知后会在他生。

唯有南方腹地的秋好时节，唯有身处这云深不知处的大山里，在夜的最深处，被这样的诗句，雷电般的当头击中，眼前一片炫目的光芒明亮——唯有这一刻，才深深地体悟，白居易诗中的温柔敦厚，意境清苍，字字深情。在我脑海里的那一幕：千年以前的月夜，月光照耀着峰峦起伏的山谷，深秋的草木披着白白的霜意。夜风吹着，小虫在草棵下啾啾。月光照耀黛色的山峦间洁白的小径，提着纸灯笼的两位老人，他们长袍布履，行走在霜风月间，月光照耀他们的脚步，他们清淡地相知，清谈甚欢。

“我已七旬师九十，当知后会在他生。”在山径上告别的两位老人，一位转过身回到白云之中的修炼清所。另一位，在霜风里，提着灯笼踟蹰回

家。他的心境，清和寥落一如疏星长天，生平相知的朋友和亲人，已经凋落过半。少年抱负的志向，一生中的起起落落，写下的诗篇，被辜负的赤子情怀……都淡成云烟。连这清淡之欢的老友，告别时亦是诀别。今生多么劳乏，我们已经老迈得走不动那一条相互探访的路。可是，还会再见的。或许下一个月夜。或许来生，续缘于另一座青山，另一个霜风月夜的小径……

记得旅舍的窗外，深夜里也看见，山壁上有一束芙蓉花，清秋霜风，花开得正好，枝枝朵朵闪烁着光华。我望着那一树温柔的花，不舍得睡。过路客天明便将离开……然而，清诗繁花，在路上的夜，是不忍辜负的人世的佳美光阴。三清山与我的印记，苍茫大雾里的留白，如玄机不可道破。然而，也有花开的温柔，相见的喜乐。

【作者简介】

宋唯唯，女，生于湖北，毕业于鲁迅文学院作家班。2001年开始写作，陆续在《人民文学》《十月》《青年文学》《中华散文》等文学刊物发表作品。获得《作品》杂志社2004“全国女作家散文大赛”奖项，长篇小说《麒麟峪》获得2008“我和深圳网络文学长篇小说大赛”金奖。

石红许

天籁三清

傍晚时分，雨过天晴，阳光海岸云蒸霞蔚，整个三清山似乎只有三个人——我和从北京来的怀谦、一宁先生，从容不迫地行走在高山栈道上。山谷竞相开放着杜鹃花，粉白色夹杂着少许粉红，点缀着翠绿的三清山，空旷幽静中透露出一种明净的美，而鸟鸣将这种宁静、玄妙烘托得更加淋漓尽致。

怀谦远远地落在后面，一个G的数码内存卡可以让他尽情地发挥摄影技术。

我和一宁先生循着从林里飘出的鸟叫声，沿着西海岸、阳光海岸走走停停，移步赏景，一宁先生一路用口哨模仿应和。山林里，除了此起彼伏的鸟鸣，没有一点杂音，纯净动听。看着它们在枝丫间自由快活地嬉戏，呼朋唤友，我们也像六一公园里放飞的童心。

有一只鸟很小很小，不知道是不是蜂鸟，大概只有一粒丰满的枣子那么大，毛色鲜艳，短小的尾巴上下翘动，很机灵的样子，它就在我的眼前优雅地跳蹿，叫的声音短促、尖锐，我把手机录音打开靠近它，它并不惧怕我，真想捧在手心呵护呵护。这时，一只比八哥小些的鸟飞过来，背部

毛色灰黄，肚皮上浅白，它叫的声音音节简单却显得悠扬、明畅，穿透力强，我们学着它吹口哨，它越发亢奋，高昂着头叫得更加动听，在和我们有条不紊地对歌，意欲决一雌雄。还有一种鸟，看不大清毛色、形状，估计有三四只，它藏在树叶间，和我们捉迷藏，叫声却欢畅、优美，一口气能连贯地发出五六个不同的音符来，面对我们的口哨，叫得更加愉悦。

……

“怀谦，快端相机来，这里有很多小鸟。”一宁兴奋地喊。

遗憾，我叫不来它们的俗名、学名。我认鸟的本领只停留在儿时水平线上，除麻雀、燕子、喜鹊、斑鸠等几个常见的外，就是鸟盲了。三清山的生物物种的丰富折射出我知识的欠缺。

上三清山已不下 10 次，一直没有想过要写点什么。每每动笔时，总觉得凝固的文字对于这样一座有声有色的山来说，是多余的。你看，自晋结庐炼丹以来，又有多少文人墨客道家为三清山留下脍炙人口的篇章？我以为，他们和我一样，想必是每每陶醉在她空灵的怀抱里，而疏忽了以笔墨抒怀。倒是以葛洪为开山鼻祖的道家文化携 1600 多年的风雨彰显了她深邃、厚重的人文底蕴，拜谒北山道观成了多少来游三清山的文人不放弃的追求。

夜幕很快压了下来，我们作别了归林的小鸟，回到下榻的日上山庄。吃过饭后，我们都显得很疲惫，洗刷完毕，怀谦备好电池说早点睡，翌日早起床上玉台看日出。躺在床上，我也计划着一大早上山再录几个鸟的叫

声。迷迷糊糊中，我的灵魂已经游弋走了，在女神峰的怀抱中、在西海岸的云彩里、在杜鹃谷的花语下、在玉京峰的松涛间，寻找来自大山深处悠远的韵律，抚摩我浮躁的心灵……

这个静谧之夜，把心安放在南天门，睡了一个甜美的觉，第二天清晨5点刚过，我就醒来了，拾级来到神龙戏松下的峡谷，这里植被茂密，浓荫蔽日，没有白天人流的嘈杂，没有导游小电喇叭的鼎沸，没有公园里晨练者的长腔，天然一个百鸟的乐园，远远近近的鸣叫有高、中、低三声部，是如此的悦耳。选准一个地方，我按键开始录音，突然发现又是枣子那么点大的小鸟，不小心碰在一片草上，一粒露珠和它几乎同时滚落下来，露珠已碎裂，它一个矫健翻身就轻稳地站在低处飘出的猴头杜鹃枝丫上，看我捏一把汗的样子，它怡然自得在卖力地高唱属于自己的歌谣，一声声清脆、婉转，与树林里的鸣唱汇合成充满生机、和谐的三清山交响晨曲。一个小时下来，我的录音机已经灌满各种鸟的歌唱，耳朵也是满醉而归。

回到城市，我依然忘不了三清山那些叫不出名儿的可爱的小鸟，它们是三清山的精灵，它们是三清山的绝唱，它们是世界自然遗产的功臣和见证者。不时，我会翻出手机听听那来自三清山的鸟叫声，它会让我变得安静下来，是否那声音里盈漫、浸润着仙气？

来年5月，我还要来三清山，在鸟语花香里徜徉高山栈道，一遍又一遍地播放天籁之音，不知小鸟们还能辨听出自己的歌喉吗？

【作者简介】

石红许，1967年生，江西鄱阳人。中国作家协会会员，上饶市作家协会副主席。著有散文集《青葱岁月》《在城市流浪》《江畔手记》《无意抒情》等。曾获“中国徐霞客游记文学奖”。

龚小春

三清悬崖的啼血杜鹃

我是一棵生长在三清山悬崖边上的杜鹃，培植我生长的是那些峭壁上的沙石，“思春女神”陪伴我几万年，隔壁的“巨蟒哥哥”为我遮风挡雨。

我的花季和别的杜鹃不一样，我不和别的花一样固定的开放在那个美丽春天。

我把我的花蕊紧紧地捂在我的胸口，用我的心来培植它的芳香，用我的鲜血来滋染花瓣的嫣红。

我的花季是一个遥遥无期的等待，连我自己也无法预知我会开放在哪一季。也许是千年之后，也许是万年之遥，但我一定会等，等那个来到悬崖边，把我轻轻采撷而轻捧于手心、亲吻我芳香的人。

我是一树极为宿命的杜鹃，我的生死早已定格在上帝把我栽种在悬崖的那一刻。上帝告诉我说：

“孩子，不是我残酷，命中注定你只能开在悬崖。我们都不能违背天意，要学会隐忍，不要用树枝的晃动暴露了自己，满是青苔的焦虑，等待吧！吸引你来悬崖边的只有你的殷红，用鲜血浇灌的红！”。

我很认命并感激上帝给予我的一切，因此，我的花季只能因你而绽放，我的芳香只能因你而魂飞魄散。我固执地以为我用心蕴藏的香气也只有你才能闻到；我用血来灌染的殷红，只有你才能看到。我坚信总会有那么一天，你会来到悬崖边将我攀折，捧于掌心，给予我无尽的疼惜。

我在春风中为你绽放那粉嫩的花蕊，为你招展那一树的殷红。依稀走来的是你的影子，于是，在春风中，我奋力地张开那些包裹着的花蕾，“沙！

沙！沙！”的花瓣裂声是我倾力的呐喊。因为尘世间，上帝已派生了越来越多的花朵竞相地开在那通往悬崖的路边。

艳丽的花朵点缀着那沿途四季的风景，拥挤的开在各自显眼的方位上招展着自身最优美的姿态。花束簌簌，早已让你眼花缭乱。唯有我只能无声的，寂寞地等在那以沙为基土的悬崖边上。因为我无法移动我的脚步，我的根只是扎在那几万年的沙土中，稍有不慎我便会随那些沙滑下万丈深渊。那么我的千年等待，那么我用心来培植蕊的芳香，那么我用我的鲜血来滋染的嫣红都会瞬间即逝，空留那一树的殷红，一季的芳香。

我按捺不住激动终于在你的影子来临之前怒放了一树的殷红，艳红层染了整个三清山。满树的花瓣鲜红欲滴，那是我用我的鲜血浸染出来的，因而花瓣饱满而充盈。然，在你影子还没能行至崖边，风，无情地掠过我的身姿，把我弱小的身躯一朵一朵的从树枝上撕裂剥离开来；雨，冷酷地淋打在我的头顶，将我轻盈的身躯一瓣一瓣地从空中砸下，纷坠山崖。瞬间，丰盈的、饱满的一树殷红在风雨中瘦成一树淡淡的浅粉。

飘落中，因为轻盈而坠速缓缓，划出一道道弯弯曲曲的弧线。悬崖的下面是一片黑得我看不见尽头的深渊。

我不甘就这么坠下山崖，我还在幻想着为你用自己飘落的身姿画出一道殷红而多姿的弧线，我还幻想着借这些将我吹落的风为你捎去一缕最后的芳香。

在漆黑的飘落途中，我像一只寻找光亮的飞蛾，企图寻找着一处搁浅停泊我轻絮般的灵体的栖地，让我从容的带妆出发。

突然，峭壁下的中央星光点点，如一盏盏燃灯在为我的飘落而照亮。因为对栖地的渴望，我来不及多想便忘我的加快了我飞坠的速度，片片落花随风肆意的飞坠着……

一层花瓣一层尘沙，尘沙掩埋着残花、残枝，花汁血染着尘土，层层叠叠，叠叠层层的掩埋着。

埋在尘沙下的花瓣血被一点点地挤压出来，花瓣从殷红变成了淡红，再转为苍白；花脸从丰盈转为干枯，失血的脸在一点点干枯，沾满尘沙的枯脸已变得异常的狰狞。

花心在一点一点地死去，而覆盖在干枯花朵上面看着花朵一点一点死去的还有那些被挤压得变了形的花朵。

你终于来到了悬崖，被先前那片坠落的殷红吸引而来的。然而你看见的悬崖仅只是悬崖了，杜鹃，殷红，芳香都已不复存在，就连那坠落声此刻都归于沉寂了。

我被尘沙深深埋葬在悬崖的谷底，几片幸免的残花纵然飘浮在尘沙的上面但也已发不出那呼喊你的声音。

疑似殷红晚霞落，你已看不见谷底那些被深埋的残花了，以为刚才那片坠落山崖的殷红只不过是天边那抹血色残阳吧。

你走了，去寻觅另一处风景。

【作者简介】

龚小春，女，笔名香囊。江西上饶人，江西省作协会员，文心社江西上饶分社社长，北京写家文学院第一届签约作家。在《中国新闻出版报》《安徽文学》等报刊发表大量诗歌散文，出版散文集《三清夜话》。

杨洪鸣

鹰·峰——三清山寄情

鹰

鹰是矫健的，我深深怀念着鹰。

它是天之骄子，鸟中之王。有钩形的嘴，尖利的爪，闪电般的目光。

它是力的象征。栖息在岩上，是力的沉默；翱翔在白云里，是沉默的力。硕大的翅卷着大自然永垣的旋律，每一次俯冲，每一次搏斗，都给人以生存奥秘的启迪。

偶尔，在令人惆怅的暮霭里，会听到鹰的叫声，像心的呼号，悲凉、凄婉，声音悠长悠长……

我是大山的儿子，骑着山的脊梁长大。那时，常常可以看到鹰。因工作需要，我乔迁城市，再也难得听到鹰的歌唱。我常常渴望，渴望有一天回到大山的怀抱里，攀上险峰，在绝壁之上，看鹰的飞翔，听鹰的歌唱。

带着年轻人都曾有过或将会有的忧郁，我来到了三清山，重新看到了鹰。

山里的黄昏格外美丽。夕阳西照，阳光从起伏的山峦中透出一道道金辉，明暗相间，像一幅剪影。在女神峰前，一只鹰在翱翔。我的目光追寻着飞翔的鹰，似乎想从鹰那矫健的双翅中，得到来自远方的消息。

这是一只年轻的即将出征的鹰。绕着“女神”盘旋，缓慢中带着无限的眷恋和深情。

“女神”满腹离愁，侧头不语，无言语别情。

鹰盘旋着。它留恋，痛苦，等待。等待女神的回答，也似乎是等待着

自己的回答：是留在女神的怀抱里，还是踏上新的征途？

“女神”也在等待着。然而百年、十年过去，无数风雨，历经沧桑，她等来的却是一个永远无望的希望。

一阵山风吹来，女神从忧郁的沉默中发出了一声重重的叹息。一个沉默的谜。

在“女神”的叹息中，鹰终于明白，等待意味着断送。它感到了别离的痛苦，对情人的留恋和征途的召唤，把它的心撕成了两半。它像箭一样直冲云霄，这是超越空间和时间的速度。

突然，鹰猛地紧缩身子，像陨石一样坠下，在触到林梢的那一瞬间，猛地展开双翅，腾飞而起。强烈的气流，把林梢摇曳。这是灵魂的挣扎，痛苦的痉挛。

它焦躁地拍打着硕大的翅，痛苦地扭动着高贵的头，把“女神”凝望，把白云凝望。

“女神”的怀抱里，有它温暖的记忆，是它幸福的乐园。但鹰的翅为飞翔而生，为出征而生。鹰的价值在蓝天和白云之间。

年轻的鹰，倾斜着翅，扭动着尾，

徘徊着，周旋着……

突然，它在空中发出一声尖利的响亮的叫声，凄凉、悲壮，充满着力量，一种可以挣脱一切束缚的力量。这是心灵的呐喊，喊出了鹰的勇敢，鹰的骄傲．也喊出了爱的惆怅。接着，它毫不犹疑地向前方飞去。

它离去了。双翅剪断了对爱的留恋，也剪断了对征途艰难的畏怯。在无所谓无路、也无所谓有路的蓝天上，果断地划出一条黑色的直线，向着晚霞似火的地方飞去，把太阳追随。

我久久地凝望着这个黑点，直到黑点融入万里蓝天。鹰给了我启迪，从忧郁中，我感到兴奋：从伤感中，我振作起来……

峰

游览名山，谁都希望能登上最高峰，看壮观的日出——这是世界新的一日诞生，是黑夜和黎明的搏斗。大阳带着火般旺盛的生命力，带着胜利者的微笑，宣告世界又走进新的一天。或者是悲壮的日落——这是一天历史的结束。尽管它知道它将逝去，仍竭尽生命最后的余晖，把大地照耀，把蓝天烧红。

带着这种渴望，我来到了三清山。

山路崎岖、坎坷，像仙女失落的一条彩绸，随意地飘在山中，一下飘进山谷，一下缠在山梁上。起伏的山峰犹如绿色海洋里的波涛。

我没有在大海里游过泳，也不知是怎样的滋味。但今天，我却尝到了在峰的波涛里游泳的滋味。太阳烤得人舌焦口干，行囊像一座山一样沉，腿肚子发硬发僵，每跨出一步都要付出很大的气力，都要有坚强的毅力。

要想到达光明的顶点，就必须要有艰难的、持久的攀登。

这是一个众所周知的平凡的道理。然而要真正明白这个道理，却要走过一段长长的艰难的路。

眼看就要登上玉京峰时，天色暗了下来，我只得返回设在半山腰上的招待所。

夜里，我久久难以入眠，心里像失落了什么。我披衣走出了招待所，抬头仰望着月光下的玉京峰。在蓝幽幽的夜空衬托下，山峰的轮廓显得格外清晰，几颗明星在峰顶闪烁。我忽然明白，我的希望失落了，失落在玉京峰上。明天我将要登上玉京峰顶，我将会得到什么呢？

明天，像谜一样难猜，但明天总是美好的，尽管它带着希望，也带着灾难。

第二天一早，我又开始走昨天没有走完的路。

山势愈来愈陡，常有杂草缠脚，树枝扫眼。路像潜流在绿荫里的山泉，只能看到几步远，似乎永远没有尽头。一种焦躁在我心中膨胀。我恨不得一下扫空挡住我视野的树林，腾空一跃，飞上玉京峰顶，让雄伟的山峰托起我健壮的身躯，让活泼泼的风，抚摸我年轻的胸膛。我又不由地为自己产生这种念头感到可笑。因为我知道，路是要一步步走的，在现实的艰苦的奋斗中，容不得半点幻想。

虽然树林仍挡住我的视野，使我不能估计我离顶峰还有多远，但是此时，我不需要视觉的度量，我用我的心感受——顶峰就在眼前。

突然，我走出树荫，眼前豁然开朗。两个巨大的岩石跃进我的眼帘。岩石上玉京峰三个字格外醒目。我带着胜利的狂喜扑向前去，手指死死地抠住岩石的缝隙，艰难地攀上了玉京峰最高点——升天石。

在这光秃秃的升天石上，我向着蓝天，慢慢地站立。一尺、二尺、三尺，终于战胜了灵魂的怯懦，挺直了我的腰板。

巨石的前方，是万丈深涧，飘着漫天的雾。似乎有一种神秘的、可怕的力量在雾里隐藏。随时可以把人吞没。

在这里，心虚的人，会头晕目眩，不敢俯视；胆怯的人，会两腿发抖，不敢站立。只有无所畏惧的人，才能像擎天柱一样矗立。

由于是阴天，看不到日出。然而眼前又是多么壮观的画面：巨蟒出山，仰天长嘶，逼视蓝天，蓝天被巨蟒逼视得发窘，窘得发蓝，变得更加辽远。山龙带着一种挣脱一切的力量，冲天而起搅得狂涛翻涌，巨浪排空。

突然，就在巨蟒直立，山龙腾飞的一瞬间，一切都凝固了。像给世界留下这瞬间的无比壮烈的一幕，在群峰中留下这永恒的记忆。

在呼啸的山风里，我听到了贝多芬第五命运交响曲的旋律在飞旋。神秘、庄严，带着剧烈的苦痛。在这旋律中，我感到大山灵魂剧烈地、长久地悸动。一阵战栗，带着大自然神秘的、巨大的力量，从我脚下升起，像电流一样流遍我的全身。我的心合着大山的脉搏跳动着。在这超脱一切的苦难的身躯，和天空抗争，把一世灾患隐没在沉默中，任千年的风吹雨打，云压雾挡，仍抬起不屈的头颅。

是的，在玉京峰上，我没有看到奇丽的日出和悲壮的日落，但是，我得到的一切，已经使我满足。

当我依依不舍地来到三清山脚下，已是晚霞满天的时候。

玉京峰矗立在晚霞之中，像一根擎天的火炬，在熊熊燃烧。

我相信，只要到了玉京峰的人，都会从那里带一缕光明。那是天山之魂，大自然之光。这缕光明将会照耀着你走完人生这条漫长的路。

啊，玉京峰。

【作者简介】

杨洪鸣，1958 年生，江西上饶人。在各类报刊发表作品多篇，小说《光棍和他们的女儿》被改编为电视剧《心魂奏鸣曲》，曾获江西省戏剧创作百花奖。

解廷勇　杨锦林

大自然雕塑家的又一杰作

——游梯云岭

深秋时节，红叶漫山飞舞，在灿烂的阳光照耀下，闪着迷人的辉煌，它把祖国的江山点缀得分外妖娆。此时是江南登高远望最佳良机，我们满怀喜悦的心情去游览新发现的一处风景区——梯云岭。它位于三清山南麓。

从玉山县南山公社的坪溪村出发，步行约 15 华里的山间小路，就到了梯云岭。这里奇峰林立，高耸入云。各个石峰的造型千姿百态，美妙异常。它既有黄山之奇，又有桂林山水之秀，别有一番风味。这是大自然雕塑家在我们辽阔国土上的又一个杰作。

我们登上山顶，只见重峦迭嶂，烟岚缥缈中，一座座雄伟壮丽的山峰一字儿排开，时隐时现，像是通往天宫的大门，人们将它取名为天门峰。传说孙悟空取出定海神针之后，就从这里打入天宫的。天门峰四周群峰攒簇，颇似天神严守城门。天门两侧筑有“碉楼”、“炮台”和“烽火台”，火炬高烧，形象真切。我们被这般奇妙的景色迷惑得赞不绝口。

与天门峰相对，有一座“古城堡”，城高达百米，夕阳斜照，宛如彩灯下辉煌的不夜城，煞是好看。在天门峰背后是王母峰，它的峰顶奇峰起伏，好像王母娘娘坐着一辆天车，正要驶出天门，车前车后簇拥着妖艳风流的仙女。我们走到群峰环抱的中间，有一块三面临空的高耸巨石，约 60 平方米，恰是一块方位理想的观景台。伫立台上，视野广阔，四周奇境，尽收眼底。一座座形象俊俏的山峰在翠绿的竹林和烂漫的红叶陪衬下，景色秀丽如画。

从这里穿过一片丛林，登上步步高升的石阶小路，向壁垒森严的天门峰攀登，踏进天门就像到了人间天上，朵朵白云时而从头顶飘过，时而在脚下移去，人处云雾中。此地南临绝壁，三面松竹茂密，名叫“天台”。从这里观赏女神石峰，奇妙无比。世界上巨大石像，如埃及的金字塔，四川省的乐山大佛，均属人工雕塑，而屹立在这里的“女神石像”，未用过一凿一锤，全是天造地设，是一尊难得的艺术品。“女神石像”高度达80多米，体态飘洒，含情脉脉，端然而坐，惟妙惟肖。她的双手托着两株古松，朝朝暮暮，坐于玉台之下。传说她本是民间女子，一生为穷苦百姓做好事，感动了玉皇大帝，被召入宫，成为天宫的一位女神。

离玉台，越过游云峡，便到“玉皇顶”。“到了‘玉皇顶’，别处不需看。”此话不假，眼前的美景奇境，真个是令人叫绝。向东俯视，依山独立的一座巨大石峰，高约120多米，昂然从山谷中升起，酷似一条“巨蟒出山”，险峻而粗犷，颇有几分“野”气。在它对面有一石峰，形似一条跃出水面的鱼。两峰相对，仿佛“巨蟒”面对“跃鱼”，馋涎欲滴，相映成趣。从“玉皇顶”北望，有三峰并列，状如三头蛟龙海中互相追逐。一龙翘首向天，跃出海面，腾空而起。冲击得海水劈头盖脸地坠落；另外两头“蛟龙”紧跟其后，龙头、龙角刚刚冲出水面，形体生动喜人。同行向导笑眯眯地说；“你们来得不巧，若是春夏游此，每天都有云海，‘三龙’从云海中钻出，搅动得波涛汹涌，‘三龙出海’的壮观奇景，活灵活现，那才真叫‘绝’哪！”从“玉皇顶”西望，群峰矗立，宛如一幢幢琼楼玉宇；中有一峰，挺拔秀丽，旁有奇松独立，真像一幅精湛的中国画。风姿优美的奇峰山峦，给我们美的享受，美的启示，使我们流连忘返。归途中我们仍频频回首仰望，忽然间又出现了一个奇景，云汉之上，展现出一幅“观音听琵琶”图像，观音身前，有一老僧，左手捧琵琶，右手拨弦，似乎铮然有声。观音安详地静听琵琶奏曲。

我们仿佛也听到了回荡在空中的悠扬的琵琶声。我们饱览这些美景之后，情不自禁地朗诵起明代诗人的诗句：

丹崖翠壁倚天开，石磴登登几百回。
或有金鸡报昏晓，犹疑蜃海吐楼台。
云间瑶草呼龙种，月下歌声待鹤来。
已觉此身图画里，满前诗意冗难裁。

【作者简介】

解廷勇，辽宁人，中央新闻纪录电影制片厂驻江西摄影记者。

杨锦林，江西樟树市人，曾任怀玉山垦殖场副厂长。1982 年调玉山县风景名胜普查办公室主持工作。

许智范

野趣多姿的三清山

三清山又名少华山、桠山，坐落在江西省上饶市东北的玉山县境内，其山脉绵亘赣浙两省五县，方圆数百里。主峰玉京峰，海拔1817米。因玉京、玉华、玉虚三峰峻拔，犹如道教所尊玉清、上清、太清三神列坐其巅，故以“三清”命名。

远在晋朝，道教早期著名方士葛洪就曾在山上修道炼丹，至今紫烟石下尚有炼丹炉遗址和丹井。道书把三清山列为全国七十二福地之一。但三清山的开发盛期则当在明代初年，至今山上所遗古迹，多是明代之物。

三清山风景如画。据初步普查，风景区面积约52.4平方公里，有景色36处，景物景观288个。尤以奇峰、古松、响云、飞瀑、神光最为奇特。这里四季景色绮丽；春日杜鹃怒放，繁花似锦；夏天浓荫蔽日，清新凉爽；

金秋层林尽染，硕果飘香；隆冬冰雕玉砌，银装素裹。

由山麓沿着麻石垒砌的古道上山，一路上峰环溪转，盘旋曲折。从风门而上，忽援挂壁小道，忽进盖天巨石，忽穿一线缝壁，山道蜿蜒，引人入胜。人们拾千层石阶，越“千步门”，攀百级磴道，过“冲虚百步门”，一再三鼓作气，即可到达“天门”。天门是明代王祐建造的天门，这一带奇石摩空，苍松翠郁。现在“少华福地”牌坊；华表虽已风化斑驳，但横额、楹联尚能辨认，有一副楹联是“高凌云汉江南第一仙峰，清绝尘嚣天下无双福地”。

天门耸立在山巅路口，它后面的盆地内建有三清道观，“殿开白昼风来扫，门到黄昏云自封”。道观分前后两进，前为三清殿，供奉着元始天尊、灵宝天尊（太上道君）、道德天尊（太上老君）的塑像，左右两侧的龛内陈设着一批道教神像，后龛设有施主王祐和赵公元帅的塑像；后殿中间陈放着王母和观音的塑像。道观门前有石牌坊、石香炉和惜字亭等。天门前面的深谷中有中天门、南天门、西天门、东天门、北天门等险岩石柱凌空屹立；右边有两株平顶苍松并排挺立，被人称作“姐妹松”；左边有叠嶂险奇的插旗石。天门附近还有一座陵园式的道士古墓，全部采用麻石

构筑，墓三进，有围墙，墓顶建一雷公塔，规模颇雄伟，石门上刻有“明治山詹碧云藏竹之所”字样。相传詹碧云是个全真道人，他为王祐主持开山建观，死后就安葬在这里。

从三清道观再向峰巅进发，其间虽然只有4公里的路程，但前进的道路却很艰难。“紫烟山”全是荒道，只能拔竹攀藤钻身而进；“天梯岭”恰似挂空云梯，登攀时必须胆大心细;那些古人在陡壁上凿成的倾斜石级，令人望而却步。然而，人们登上玉京峰时，眼前就展现出一派险峰奇景。“会当凌绝顶，一览众山小。”此时，脚下的连绵峰峦似沧海碧波，周围的茫茫云涛正变幻无穷。玉京峰的姐妹峰玉华、玉虚如蓬莱仙岛隐现在云雾之中，而玉京峰拔地擎天，更显得威武雄壮。据说晴空万里的秋天，在这里西可遥望匡庐鄱湖,东可极目西子钱塘。清人肖立选的《少华山诗》曾记道：“怀玉峙其西，俯视成丘蛭。匡庐几万丈，远瞩时恍惚。”

除了令人目不暇接的自然风光之外，三清山比较突出的可算是“树”、“石”、“水”这三宝了。

山上森林原始，植物资源丰富，既有经济植物、观赏植物，又有药用植物、孑遗植物，可以称得上是一个天然植物园。现已发现的名贵树种有华东黄杉、台湾松、铁杉、香果树、福建柏、长柄双花木、木莲、闽楠、紫树、黄杨等十几种。各种花卉四季开放，有牡丹、芍药、山茶、月季、蜡梅、兰草……光是杜鹃就已发现10多个品种，稀少而珍贵的天女花也分布较广。山上还生长南沙参、黄连、石耳、何首乌等几十种贵重药材。

三清山峰奇石怪，千姿万态。沿途可见“老子看经”、“观音现指”、“仙人锯板”、“倒挂琵琶”、“巨蟒出山”、“万笏朝天”等石景，都是人们根据其形象逼真的天然形状取名的。山上还有不少坊、梁、柱、墙全部采用麻石叠砌而成的建筑物，其中较有代表性的除“詹碧云藏竹之所”外，要数西华塔、风雷塔、飞仙台、龙虎殿、王祐墓，以及一批牌坊、桥梁和拱门等，它们造型别致，拙中见巧，自有独特的风格。碑文、楹联的石刻，古朴苍劲，刀法有力。还有一些保留在天然石壁或岩石上的雕塑，如石龙、石虎、神像、石窟、浮雕等等，用笔粗犷，刻画生动。石道两旁绝壁上的题刻那就更多了，楷、行、隶三种字体都有，虽经数百年风雨剥蚀，大部分尚能清晰可辨。考古工作者认为这里的石雕和石建筑中有不少系明代遗物，是研究当时建筑艺术和道教发展历史的重要资料，具有一定的文物价值。三清山至今保存如此众多完好的古代雕刻和建筑物，在这江西地区还是罕见的。

山巅的响水坑奔流直下，在山间形成了一道道天然瀑布，大的足有几十米宽、十几米高，飞雪溅玉，姿态各异。在海拔1500多米高的三清宫前面，还有净衣、清华、涵星三口池塘，其中清华池最大，面积达十几亩。这三口池塘长年有水，清澈见底。

此外，三清山上动物也很多，当地群众已见到的就有娃娃鱼、蟾蜍、画眉鸟、山鸡、老鹰、猴子、山羊、野猪、梅花鹿等十几种。据县志记载，山上还有黄斑虎、金钱豹、金鹤等珍贵动物。

自古以来，一些文人墨客登上三清山游览后曾写下过不少赞美的诗

句。明代丁玑《游三清山》写道：“三峰插天如芙蓉，晴天赤日行其中，攀缘飞蹬立峰顶，一览四海双眸空。”明代胡靖在诗中赞道：“江南何处是仙家，孤柱擎空见少华。”明代余朝楷发出感叹：“何必访崆峒，何须登泰岱。平接蓬莱烟，远夺峨眉黛。”前不久建筑学家汪之力游览三清山后题词赞道：“奇峰异石，云海变幻，有类黄山。恒原始森林，飞泉流响，石屋茅庵，古朴野趣，是黄山所不及……”不过，尽管三清山足可誉为“江南一秀”，但以前在社会上的名声不算很大，这可能是由于它地处偏僻、交通不便的缘故；再加上开发较晚，少有名人登临题咏，故难以跻身于“天下名山”之列，于是也就不为世人所瞩目。近年来，随着旅游事业的不断发展，加速建设三清山这一游览胜地的工作已经被提到议事日程上来了。

朝霞夕晖寄深情，姐妹青松迎远客，热爱祖国太好河山的朋友们，请你们到三清山的二十里石阶曲径上来走一走吧！登上玉京峰，饱览秀丽无比的大自然风光，探寻前人留下的古老有趣的遗物和遗迹，定能使你们发出惊奇的赞叹留下美好的回忆。

【作者简介】

许智范，现为江西省博物馆副研究员，任《南方文物》杂志副主编兼编辑部主任、江西省考古学会秘书长。

郑发贵

巨蟒出山

走进三清山，最想拜访的就是你。

我不知道你是何以从那叠嶂的云岭，莽莽的丛林和那幽深的渊底，昏暗的穴谷中奔腾而出的。可以想见到，当年你穿越山峦、披荆斩棘的艰辛和豪壮，却荡然不知你向上向前高瞻的目光，何以被一缕清风定格了奋然前行的锐利，让滴血的头颅傲立，永久昭示你曾经的雄心和力量！

蟒啊！

我不会相信那些关于你的或褒或贬的种种揣测，更不会相信那些虚无缥缈神秘玄乎的奇传异说。但我相信这苍茫而有灵性的云海，峻峭伟岸的山峰，欢悦如歌的云瀑都是生你养你的故乡，即使是一棵弱不禁风的嫩草，也将是支撑你不屈之躯的一支筋脉。有人说，你是山的儿子，你的身上永远流淌着山里人的卑俗陋习，你怎么也走不出重重如刀似牢的峭壁悬崖对你灵魂的围困、桎梏。那些沉重的山石，压迫着你的脚步，甚至会压断了你的脚筋。也有人说，你太朴实了，过分的朴实，就是愚昧。你以你山野的纯真和坦诚，闯荡变幻无定的尘世，始终走不出自己而终将落进别人的陷阱。

是这样的么？我怔怔地、久久地凝望着你，你没有回答。抑或你是惮于人前的率真和勇猛所带来的困苦而甘愿昏睡于混沌的空渺的淡泊里了？

然而，你的头颅仍然是昂立的！特别是你的眼睛，那双无言的向前凝视的眼睛，永远遥望着远方。背转酸重的身子，与你同向。沿着你沉毅的目光，我惊异了——那条伸向山外，行进虽曲折维艰却如龙飞腾的山路，

那湍急银亮的山涧，正沿着你的目光，飞向远方林立的城市，扑入百舸竞渡的江海。那不正是你么？我揉揉酸涩的眼睛——真的，这不是梦，也不是神话，我看清了，我的同行们也看清了，那正是你真实的不灭的魂灵。你并没有睡去，你已经涅槃腾飞了，高远的天空，辽阔的大地，浩瀚的海洋，无处没有你激扬的喧啸，奋蹄的浪花？

我真想欢呼，为我的发现礼赞。而我无言。从你的身上，我已懂得：沉默，正是对一切最好的回答！

蟒啊，出山的巨蟒，你不是虫，你是一条真正的龙！

【作者简介】

郑发贵，上饶人，在上饶市人力资源局任职。在《朔方》《校园文学》《诗人》《江西日报》等报纸杂志发表小说、散文、诗歌40余篇（首）。

熊育群

岩石上的时间

三清山的阴雨天，有点清寂，荒旷的气息，湿闷、浓郁，带着南方时令特有的味道，让人闻到生命蠢动的狂放，万物拥抱季节，醉生梦死。

满眼绿色，新嫩如无知稚子，沉默里藏着隐秘的喧哗。这是夏季里生命的权力。而岩石的世界，一旦显露，疯狂的植被就开始稀落，夏日的湿热也在退潮，清凉之气跨越了季节。这是高海拔的三清山，另一个绝尘世界。

一路登高，就想着绝尘，想着清凉。抵达一线天，海拔升到了一千，路牌有个“连升三级”的指引，上面是龙凤台、太清台和上清台，一级级石阶转折叠累。巨大的花岗岩石左右高耸，错落而没有规律，那秩序造化天设，只有静观，才悟得一丝半点天地秘密所在。它们形状有的像红薯、牛背、板斧、笋，也有像松鼠、道人、鞋、猴、狐狸、企鹅……来自人日常所见的事物，离开人的视野，又在一个远离人间烟火的岩石的世界投射，生活中的形象印迹是如此顽强，早已充斥眼与心。

石头裸露了，被绿色覆盖的只是沟谷和底层，也有一些倔强的植物，孤立于石顶和崖壁，这是数百年、上千年也难长大的松树，其虬曲伸展，像是生命的某种精神，譬如顽强、坚毅、不屈等等，它们在这巨石之上扎根，靠的就是这种决然之气。靠近它们，发现每一根松针，每一片树皮都铆足了一股劲，那劲是生之意志，都在这黛绿中汪洋，有一种幽光闪亮。这样一种绝处求生的力量焕发出了一种美。当风雨刮来，冰雪袭来，其傲然之态，有一种生命的大美！我默默注视着这一切，内心与之有着某种契合，像是我人生处于某个阶段曾有过的一种心境，苍凉，但决不颓废！

雨开始下了。这是太平洋台风带给内陆的雨水，奔袭千里而不止息。山坡之上，雨可以分辨出周围每个地方不同的响声。我很不情愿地披上了雨衣，心里渴望着的是与松石一起，在雨里当湿则湿，当干则干。与大自然亿万年才起的一点点变化相比，人的肉身变化太快了，太容易腐朽了，与草的一岁一枯荣相差无几。人生不过百年，时有疾病侵身，在巨石间，沉默的一刻感悟它恒久的气息，这恒久之气顷刻间把我淹没。

与石相比，人却拥有思想，这思想就像一道光，可以走得很远，可洞悉自然的秘密，可以看到这山之前的古华南多岛洋，三清山不过是华南洋中的一个岛弧，两大板块的碰撞，在10亿年前悄悄挤走了浩瀚的海水，眼前这巨大坚硬的花岗岩裂纹上，可以看到那些流逝过的雨水与风，可以看到地层深处挤压与切割的力量，可以看到它们身上承受的巨大重力，它们都参与了这天地间的造化。三清山有今日之地貌，正是岩石与它们较量的结果。

在这漫长的岁月里，以短暂的人之一生的眼光来观察，这实在是时间的杰作！人类感受到了超过自身无限之长的时间，几乎不可想象的时间，不能不哀叹，不能不对时间敏感、膜拜。甚至，我的眼里只有时间是真实的。石头在坚硬的时间面前也是柔软、虚弱的。石头不过成为时间的记录者，是时间的一种语言，它是一个地质博物馆，中新元古代蛇绿混杂岩、大洋斜长花岗岩、蓝闪石片岩……中生代以来花岗岩地质地貌的演化，都记录在这片群山之中。

仰头看那空蒙处落下的雨线，我看到的是时间深处的苍茫，一滴雨水都与这亘古苍茫相连。它就来自于那里，在这天地造化中绵绵不绝，与天空中行走的云朵相随相伴。

我仰头的这个瞬间，云雾中露出了一座山，它像天空中的山，离开了地面，在高空飘飞，像得道升天的道士，脱离了人间的烟火之气，仙气缥缈，虚像重重。巨大的岩石一条条矗立，紧挨着，拥挤着，相叠着，若一只巨掌。难以相信还有这么高的山，在这江西丘陵之地，一山拔起，竟如此的巍峨崔嵬，不同凡俗！这是三清山最高的三座山峰玉京、玉虚、玉华，它们被冠以玉清、上清和太清三位道教教祖之名。

三清山虽非道教发源地，但这一刻我感觉到了一种进入圣地的情感，这是一个天地混沌之所，我领悟了原初之气。当人类文明从这原初之气破解而出，而人的精神最高之境却要回到这原初之气中来，进入混沌。

这是一幅活的山水，不断地变化，表达着时间的流动。我的一位山水画家朋友用他创造的积彩法创作的山水画竟与此神似。中国人追求师法自然，钟情于虚像，好表现云雾气象，就是要追寻那混沌之源，进入大化的境界。天人合一的志趣，包含了东方人敬畏山水，并最终归于大化的体悟与感情。这是生命的最深的意境。

道家爱把自己置于名山大川，以止观变，以静观动，以天地之合观万象流转，从这混沌之中，领悟生命的真谛。三清山上的三清宫，道士们在这里一代又一代隐居了1600余年之久，直到石头的牌坊棱角尽去，苔痕深深，岩石已在岁月中改变了颜色。葛洪的炼丹处，井水清澈鉴

人。道家们对天地与生命的参悟却没有超越前贤。

中国画笔墨追寻的也与道一样，他们借道士高隐的情怀，把山水画作渔隐图、高士图、棋弈图、独钓图……以黑与白的水墨，进入道家阴阳二极相生相克的境界，生变出干与湿、浓与淡、轻与重、虚与实……追寻庄周脱离尘俗而与天地共生的精神天地。

这样的境界正在风雨中呈现，云飘雾绕，山于这变幻之中超越了世俗与庸常，超越了物质和精神，只是呈现，让人震惊、醒悟，让人进入没有时间与历史，没有烦扰与思想，没有生与死的大化之中。有梵音缥缈？有真人展颜？那一支支历经千年的笔墨，一代代文人穷一生之所求的山水之境，正呈现于一种永恒的叩问，一种精神的澡雪，疑幻疑真中，永难企及，就像道家寻觅的长生不老丹药。

在南方花草妖媚中，三清山向着天空升去，在植物的葳蕤中，向着寂灭的花岗岩的世界转身，龙凤台已经到了脚下，太清台在大雨中也爬过去了，上清台上，雨已细弱，云雾正浓，几缕清风，清凉浸骨。那主峰已隐到了云海深处了。这夏季里的清凉，让人久坐不起，直望到云团变化出心中奇幻的影像，让风惊醒了薄暮的时间。

【作者简介】

熊育群，1962 年生于湖南汨罗，1983 年同济大学建筑工程系毕业，现为中国作家协会会员、《羊城晚报》高级编辑。获过冰心文学奖。出版有诗集《三只眼睛》，散文集《随花而起》《灵地西藏》，长篇作品《西藏的感动》《走不完的西藏》，艺术大师对话集《一直在奔跑》。

张晓明

三清山的猴头杜鹃

登上赣东北美丽而神奇的三清山，正是猴头杜鹃盛开的时节。暗香绵延的花海，团团似锦，馥郁氤氲，蔚为壮观。当地的战友告诉我，这里的杜鹃花开得不仅美，而且奇，能变色。花初开的时候是红色，继而变为粉色，后又变为紫色，最后变为白色。一株花，一季变四色，令人叫绝。

仔细想来，人生亦是如此，在每个年龄段，纷呈不同的美丽。年少的时候，如红色杜鹃，春风第一枝，清新俊雅。青年时代，如粉色杜鹃，飞扬的青春，激狂多情。中年时期，如紫色杜鹃，沉稳而淡定，清香幽远。鬓发苍苍之时，则如杜鹃之白色，虽已近凋零落去，却能从那一条条深深的皱褶里，读到人生的际遇、岁月的沧桑。

正如杜鹃四色之变幻，自然四季之更替，人总有兴旺之时，也有退落之际。青春年少、年富力强之时，要奋力去拼搏、贡献、绽放，让生命之花更加芬芳。青春逝去、繁花褪尽之时，也要淡定、平和、从容，为了新生代的成长和辉煌，“落红不是无情物，化作春泥更护花”。

再由此说开去，我们多像大千世界中一朵朵颜色各异的杜鹃花。有的如红花，艳而不香；有的如粉花，香艳兼之；有的如紫花，香而不艳；有的如白花，虽不艳不香，但清逸悦人。只有艳者取其艳，容其不香；香者取其香，容其不艳；且艳且香者，容其艳香；不艳不香者，容其不艳不香，各自绽放不同的美，世界才会更加绚丽。

花开花落花常在，人来人往人不同。万物万事各有其理，千人千面各守其道。不要因为生命中缺少了些什么而感到失落和悲伤，做本色、真实

的自己，哪怕生命的颜色再平淡，只要自信地绽放，就能焕发不一样的光彩。也不要因为别人更多地拥有什么而心生嫉妒，要容得下身边的艳丽和芳香，共同拥有色彩斑斓，共同拥有美丽芬芳。

【作者简介】

张晓明，1959年生，江西省省委常委、省军区司令员。

夏 磊

三清询道

虽说离三清山只有两个小时不到的车程，也去过几次，但都是来去匆匆。

后来，三清山成了世界自然遗产、旅游风景名胜，不断有外地朋友向我打听，有的见我不太清楚，反而向我推荐，看起来他们比我还熟。心中有些惶愧，觉得对不住朋友，身边有这么好的一个去处，却不邀大家来玩。于是我想，确实应该找个时间去山上仔细看看。

三清山分南山和北山，南山以自然风光为主，号称“小黄山”，“江南第一仙峰”，建有游览索道，设施齐全，游客众多，节假日更是游人如云。说实在的，南山的景色的确不错，作为自然风光景区，堪称上品.

但我真正想去的，也是从未去过的，是北山。三清山的所有道教人文景观都集中在这边，而这边又恰好是山路崎岖，少有人去的地方。旅游公司对游客都明说，如果时间紧，又怕累，北山可以不用去。旅游公司这样说是很善解人意的。那一片千年遗址、断壁残垣能吸引几个人的眼球呢，再说，旅游本就很累，又有几个人愿意去探究这花岗岩石块里的道教玄机呢。

我想去看看，主要是为了给友人介绍这座山时，可以多一些谈资。

三清者，玉清、上清、太清是也。

这三位都是道教鼻祖，可见三清山的名字取得不可谓不大，几乎是神仙的聚居点了。号称“江南第一仙峰，天下无双福地”，虽然有些夸张，但毕竟这里曾是真正的道教宗教场所，而且多位先师曾驾临布道，称为仙山福地也算实至名归。山上有玉京、玉虚、玉华三座顶峰，据说是分别象

征三位道教祖师，三清山正是因为这三座巨峰而得名。又听说还有一座山峰叫“老子看经峰”，我就想，这山到底跟老子有什么关系呢，传说肯定会有，那究竟是个怎样的传说呢，这关系到三清山道教文化的底蕴到底有多深。

史书上关于老子的记载，大约停止在公元前516年前后。老子弃周而去，西出涵谷关，被关令尹喜留住，讲道三日。“关令尹喜曰：‘子将隐矣，强为我著书。’于是老子乃著书上下篇，言道德之意五千余言而去。”（录自《史记·老子韩非列传》）

老子留下了《道德经》，留下了这部影响中国两千多年，博大精深又充满玄妙的巨著后，绝尘而去，仙人一般，从此杳如黄鹤。《道德经》中的所有玄妙都留给后人自己去悟了。

老子和庄子为代表的道家学说是一个重要的哲学派别。《道德经》中的大部分内容是建立在哲学思想上的经世为人、治国强军的道理之上的。而同时，在老子的学说里也有“长生久视”，“谷神不死”这类说法；庄子也有过“真人”、“神人”之说，更有“不食五谷，吸风饮露”，“乘云气，御飞龙”的具象描述。这些字句显然超出了一般的哲学范围，也许是一种朴素的唯物主义自然观的浪漫主义表达，而这恰好为民间的先生、方士所宣扬的神秘文化提供了思想依据。

因此，到了东汉中叶，当道教作为中国土生土长的宗教正式形成的时候，老庄的道家哲学思想就成了它的思想渊源，老子也就成了道德祖师，进入神坛。

既然老子已被尊为道教鼻祖，那么再讨论道家与道教的异同高低似乎意义不太大了，尽管史书上并无老子的炼丹通医的记载。

对此，美国学者唐纳德·毕肖普教授在他主编的《中国思想导论》中有一段经典的评说：认为道教是作为纯哲学的道家思想的普遍堕落和腐败的产物的看法是毫无道理的。道教的思想体系中包含了道家的哲学思想所缺少的因素，而这些因素在现实生活中对于人类来说都是至关重要的。例如，道家诉诸心灵或理性，而道教却诉诸人的情感、情绪或情趣。

我想这段话可以理解为，道家学说和道教教义是可以同时进驻同一个人的思想的，只不过作为学说是理性的部分，作为教义则是较世俗的一部分。历史上的方士、教徒大都隐居深山，力图把自己的身体修炼得跟自然完全融合，从而羽化登仙，这正是实践老子在《道德经》中所提出的“人法地，地法天，天法道，道法自然。”

再回到原来的话题，老子离开函谷关之后的去向，众说纷纭，各执一词，大家都说老子到了自己的修炼之地。这很好理解，老子到过的山，不用自己夸，谁都会认为是仙山。

三清山也不例外，传说，老子骑青牛南下，回到了楚国老家，在江西龙虎山选了个山谷，用茅草搭了个棚子，开始重新研写《道德经》，可是却始终摆脱不了世俗的纷扰，就又骑牛走到三百华里外的三清山。

他发现这座山负阴抱阳，深得自然之妙，遂又聚草为棚，继续研写《道德经》，后人就把一座形神皆备的巨峰叫作“老子看经峰”了。传说到这儿就没有下文了，其实这已足够，足以让天下方士顶礼膜拜，足以让世人刮目相看。

所以，当我这个凡夫俗子前来登山访古时，心中不禁生出无限的敬畏。因为有老子的仙峰在前，加上传说的亦真亦幻，此次登山似乎就不只是简单的访古探幽，更像是寻仙问道，而整个行程就变成悟道了。

踏进“众妙千步门”就开始真正地登山了，山路崎岖陡峭，路边草木丛生，十米之外，古木参天，目力所及，只是眼前的几十级台阶。走过“好汉坡”之后，已是大汗淋漓，开始感到此行的艰辛，而正在这时，一条平坦的小径出现在眼前，抬头望去，石壁上刻着：“逍遥路”三个字。路稍宽了些，有阵阵山风吹来，令人心旷神怡。苦尽甘来，难易交替，平险相生，自然界如此，人世间又何尝不是如此呢。仙山福地果然不同凡响。

再往上爬，就到了三清宫，这里海拔已达一千五百三十来米。这是一个山顶小盆地，眼前豁然开朗，身心倍觉清爽，不过想起刚刚经历的艰辛，疲惫却也一时难消。

我想，道观之所以建在很高的山上，并普遍高于佛寺，怕是有自己的讲究。因为道人的修炼非常强调自我，以及身边的自然环境，“我命在我不在天”，人与万物有先天的近亲关系，把人类与天地万物看成相互连合一起的大系统，并进而相互融合，就可以长生不老，即所谓得道成仙。所以远离俗世的地方，也就是最适合修炼的境界。

我想，登山是可以悟道的，而修道的确应该在高山之巅。

山顶上整个建筑群是以三清宫为中心，并深得阴阳之妙，前有涵星、清华、映辉三口天然泉池，后面有千年古木，东边有龙首山作为屏障，西面有虎头岩拱卫着。依照《先天八卦图》，建有龙虎殿，方士羽化坛、玉零观、飞仙台等建筑，其中以震位的风雷塔最是震撼人心。这是一座六层五面花岗岩石塔，两米多高，塔顶为攒尖式，五百年来，静静地立在崖边上。每当晴天日出前后，云蒸霞蔚，剪影如画。动静、巧拙、虚实、藏露浑然一体，相应相生，让人浮想联翩。

山上最古老的建筑要上溯到一千六百年前的东晋升平年间，炼丹术士、医家葛洪上山结庐炼丹，宣传道教教义。可以说，葛洪是三清山的开山鼻祖。

史书上记载的葛洪，常被称为炼丹术士或医学家。而从道教的角度来看，他更像个职业传教士。他曾带兵打仗，曾经为了生计南下广州，四处

游走，他还著书立说，广收门徒。他在道教史上未进仙人谱，但却是个非常特别的历史人物，他信仰老子“道生一,一生二,二生三,三生万物”的理论，他长期炼丹，坚信只要炼出入火不焦，入水不腐，入地不朽的灵丹，自己就有了与之相同的属性，从而与自然万物一样，获得永恒。

同时，葛洪也强调儒道融合，他在《抱朴子内篇》中写道:“欲求仙者，要当以忠孝和顺仁信为本,若德门不修,而但求方术,皆不得长生也。”不过，他总体上还是认为道本儒末，“道者，儒之本也；儒者，道之末也。”

他心目中境界最高的道士必须是儒道双修的，入世可以治国安邦，出世可以得道成仙。

葛洪或许就是那种既有理性，又通世俗的人。他既是道家，又是道士，思想上又融合儒家纲常。或许也是因为这一点，葛洪才被后世尊崇，三清山更是因为有了他的到来，声名鹤起。

到了唐代，道教被尊为国教，葛洪炼丹的地方建起了老子宫观，正式奠定了“三清福地”的基础，随后，又建起了葛仙观，供奉葛仙翁、李尚书像，至此，葛洪被尊为仙人，三清山也巩固了道教史上的重要地位。

整个唐宋元明，三清山香火鼎盛，三清宫在明代建成，这前后，朱熹、

王安石、陆游、徐霞客都曾慕名而来，更为三清山增添了浓重的人文主义色彩。

直到清代，朝廷兴佛抑道，三清山才渐渐沉寂，这座仙山福地整整风光了一千三百年。

今日的三清宫，早已没有道士，几百年的风雨剥蚀和人为毁坏，已使这些建筑面目全非。只能在遗址的数量上想象当年的规模，只能从精美的石雕上看出昔日的尊严。

现代人把信仰、膜拜和敬奉只浅浅地放在心里，需要时，想一想罢了，而这只是人群中的极少数，人们的心里已经很少有敬畏的东西，狭窄的胸中甚至都留不下对一座山峰的崇拜和对自然的包容。谁也成不了神，大约谁也不想成为什么仙，何苦庸人自扰。那么，道教的寂寞在所难免，尽管这是曾经扎根在我们脚下的土壤，并生长在我们民族心中的文化。

下山后，心中有一种说不清楚的感慨，南山的风景区游人如织，北山的三清宫却门庭冷落。我不知道，当人们站在玉京峰上鸟瞰苍穹，感叹自然造化的鬼斧神工的时候，会有多少人能对这一片千年道场投来一束哪怕是叹息的目光呢。

无法收拾自己的心绪，随手翻开一本书，书中有一首清代诗人程光壁写给三清山的七律，拿它来做个结尾，觉得还算合适。

蚕丛辟出耀灵光，仙迹神工总异常。
怪石虬松忘色相，晴峰雨嶂变沧桑。
盘空涧道三天落，不老须岩万古苍。
极目树云无际处，千山紫气入斜阳。

【作者简介】

夏磊，1968 年生，江苏南京人，高级工程师，中国作家协会会员，江西省作协常务理事，在《人民日报》《散文》《海燕》《文艺报》等刊物发表大量散文，有散文集《秋以为期》（百花文艺出版社）、《一枕清霜》（三联书店出版社）等四部，曾获“中华宝石文学奖”、“首届中国徐霞客游记文学奖”、“井冈山文学奖”等。

图书在版编目（CIP）数据

散文三清山 / 夏磊主编. —南昌：江西人民出版社，
2016.4
（三清山文化丛书 / 陈晓平主编）
ISBN 978-7-210-08106-7

Ⅰ. ①散… Ⅱ. ①夏… Ⅲ. ①散文集—中国 Ⅳ. ①I26

中国版本图书馆CIP数据核字（2015）第305654号

三清山文化丛书 · 散文三清山
主编：夏　磊
组稿编辑：王醴颉
责任编辑：王醴颉　章　雷
书籍设计：章　雷
出版：江西人民出版社
发行：各地新华书店
地址：江西省南昌市东湖区三经路47号附1号
编辑部电话：0791-86898983
发行部电话：0791-86898815
邮编：330006
网址：www.jxpph.com
E-mail：web@jxpph.com
2016年4月第1版　2018年4月第2次印刷
开本：787毫米 × 1092毫米　1/16
印张：10.75
字数：150千
ISBN 978-7-210-08106-7
赣版权登字—01—2016—124

定价：39.00元
承印厂：江西华奥印务有限责任公司
赣人版图书凡属印刷、装订错误，请随时向承印厂调换